九歌少兒書房

行政院文化建設委員會指導

第13屆現代少兒文學獎得獎作品

莞爾的幸福地圖

饒雪漫◆著　Sarah◆圖

評審委員推薦的話

蔣竹君：

- 這是一本故事動人的少年小說。以親情、友情、愛情為主軸，逐步鋪陳出引人入勝的情節，寫作技巧純熟。可讀性高。
- 內容描述十幾歲高中少年的生活、情懷，寫來真實平順，很能引起少年讀者的共鳴。
- 本書闡明在少年成長的過程中，該如何尋找到真正自我正向的目標，給予讀者思索的空間。書名：《莞爾（主角名）的幸福地圖》也很有含意。
- 雖然是大陸作者的作品，但在閱讀上就語詞運用、生活背景等，對台灣的讀者而言並無太多的差異。

評審委員推薦的話

沈惠芳：

這部創意充沛的小說，把原本普通的題材，寫得神靈活現，在小說風格和結構上都令人有耳目一新的感覺。

作者藉「固執」與「任性」兩種心態剖析當代青少年的困惑與徬徨，傳達了樂天知命的達觀——生活裡處處蘊藏契機，有時候，不必硬是要與不可抗拒的事物作對。

全書流溢著浪漫情懷且富哲思的氛圍，人物形象刻畫得十分真實飽滿，情感動人，趣味性與原創性兼具。

目 錄

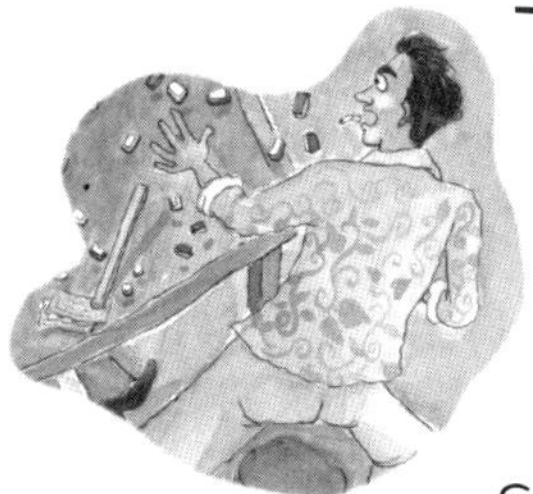

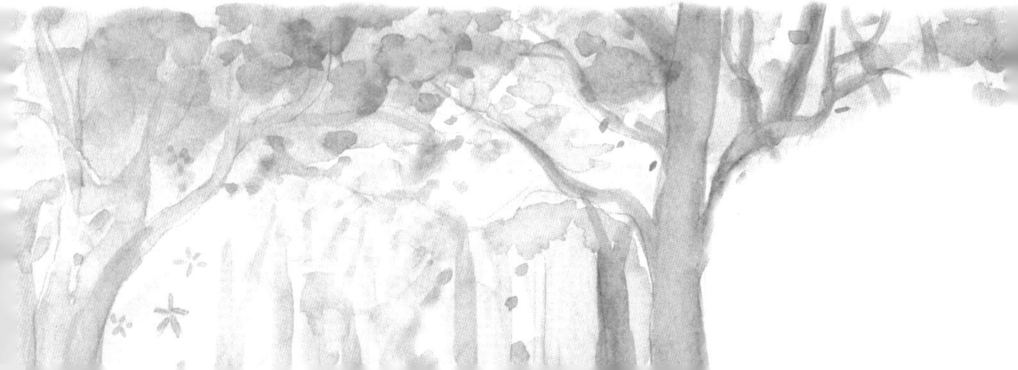

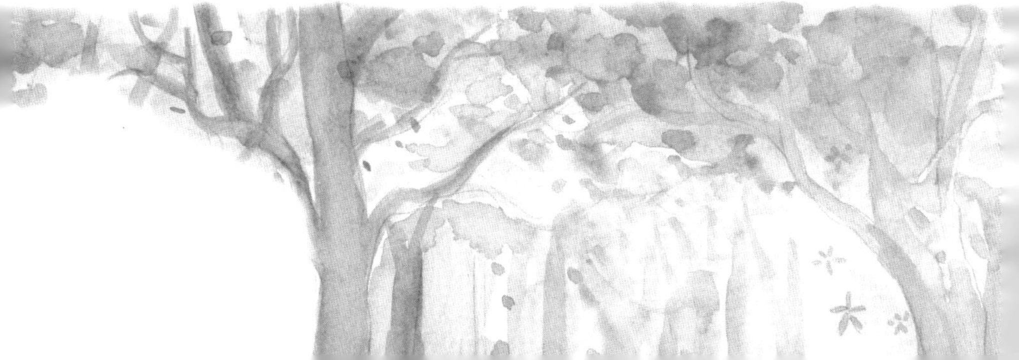

1 蘇莞爾還是蘇莞爾

期中考試的前一天，我和魚丁吵架了。

魚丁把雙手扠在腰上，眼睛瞪圓了看我，罵我說：「蘇莞爾，你是一頭豬！」

天，這個世界上最粗魯的女生，我居然和她做了三年的好朋友！

我默默地收拾起我的書包往外走，魚丁卻一把拽住我說：「說清楚，不說清楚今天誰也不許回家。」

我冷冷地說：「跟一頭豬有什麼好說的？」

魚丁攔在我面前，脹紅了臉：「說不清楚也要說，這關係到我的人格！」

「就你有人格，誰沒有？」我搶白她，「你那點破人格有也當無！」

「蘇莞爾！」魚丁把拳頭在我面前高高地舉起來。雖然她是公認的跆拳道高手，但我還是有把握她不敢打我。所以我近乎挑釁地用手在她的拳頭上輕輕的撫了一下，然後轉身離開。

身後傳來魚丁誇張的痛哭聲，但是我沒有回頭。

說起來很落俗套，我們吵架，是因為一個男生。

男生是高三的，叫簡凡，我們學校文學社的社長，個子很高，但是極瘦，風一吹就要倒的那種。魚丁從踏入這個校門的第一天起便視他為偶像，只因為他在迎新會上所致的口若懸河的歡迎辭。從那以後，簡凡這個名字便頻率極高的在魚丁的嘴邊來回出沒。一個女生欣賞一個男生本來也沒有什麼，但魚丁卻做得過於花癡，為了接近簡凡，竟抄了我的好幾篇文章投到校報，只希望有機會可以參加校文學社。

魚丁如願以償了。每每參加完校文學社的活動回來，總是一臉亂崇拜的樣子對我說：「他今天替我們講網路文學講了三十分鐘呢，真是把我肚子都笑痛了……他誇我的文章嘿嘿其實是你的文章寫得好我很謙虛地說小case小case啦……他居然還會寫詩哦，那首詩叫什麼《你看你看班主任的臉》，真是有意思哦……他借了我的筆用，把『謝謝你』說成了『對不起』，是不是夠傻呢……」

是傻。

但魚丁卻為這傻子越陷越深，感情放在心裡無處投遞，她快要鬱悶得瘋掉。

除此之處，她最大的愛好是跆拳道，周末我去看她比賽，她把對手打得趴在地上半天也起不來。

都說喜歡運動的人應該有五大三粗的心思，我看魚丁是另類，本該氣勢如虹偏偏心細如髮的她活該受這些無謂的折磨。

暗戀本也算得上是安全，可是卻出了事，事情和我發表在一家

雜誌上的文章有關，那篇文章我早在半年前就投給雜誌社了，誰知道半年後才發表了出來，而魚丁當時想進文學社的時候，也借了它做敲門磚。

簡凡捧著那本雜誌問魚丁說：「這不是你寫的嗎，怎麼會是蘇莞爾的名字呢？」

魚丁當時就懵了，半天也說不出話來。

「蘇莞爾是誰？」簡凡繼續問。

魚丁轉身就跑了，跑到教室裡就對著我發火說：「幹嘛非要投這篇文章啊，故意讓我下不了台啊，臉都給你丟盡了啊！」

看著魚丁急得手腳都沒處放的樣子，我當時覺得很好笑，於是就呵呵笑了起來。

「你還笑？」魚丁說，「你是不是故意讓我出醜的？」

我收起笑罵她說：「你不可理喻！」

魚丁一根筋到底：「你是故意的，你就是要讓我在他面前丟臉！」

「你有妄想症啊！」

她就毫不客氣地罵我豬了。

我帶著一肚子氣回到家裡，卻見爸爸媽媽都已經回家，正坐在客廳的沙發上聊天。

我努力笑笑說：「明天不過是期中考試呢，你們就這般如臨大敵？」

「不是。」爸爸說，「莞爾，我們今天接到通知，因為要建風光帶，政府打算讓我們這片搬遷。」

「呀，要住新房子啊。」我說，「不是挺好？」

在一個地方住十幾年，不膩才怪。我早就盼著這一天了。

「明年春天前要搬完。」媽媽嘆息說，「我們要是走了，天宇就很難再找到我們了。」

天宇，又是天宇。

很多時候我甚至懷疑，葉天宇在她心目中比我還要重要。

「資訊時代了！」我安慰她說，「要找一個人還不容易，關鍵是人家不願意回頭找我們罷了，你怎麼就想不明白這點呢？」

就在這時，電話響了，老媽推開門來喚我去接。我接起來，喂了半天也沒人說話，正要掛的時候，卻傳來一個人嚎啕痛哭的聲音。

是魚丁。

「喂！」我說，「魚小姐請你別發瘋行嗎？」

「嗚哇嗚哇嗚哇哇……」她越發誇張。

我無可奈何：「你在哪裡，我現在就來。」

「校門口。」魚丁說，「你二十分鐘內不到我就撞車。」

我的乖乖。

我放了電話，趕緊跟老媽說：「魚丁遇到點事，我去學校一

下。」

「沒事吧。」老媽好緊張，「天要黑了，你小心些。」

我攤開手掌，她心領神會地給我三百塊錢。

我回到學校，操場上早就空無一人，秋天黃昏的風野蠻地掀翻了一張貼在操場邊的布告，天已經半黑了，風一陣冷似一陣，眼看著天就要下雨，我縮縮脖子，心裡一千遍一萬萬遍地詛咒著魚丁的時候她終於在操場的那邊出現了，跟在後面的，是簡凡。

見到我，魚丁如見到親人一般從操場那邊猛撲過來，一直一直撲到我的懷裡，她的雙眼已經紅腫，那個樣子不得不讓人心生愛憐。

正說著簡凡走近了，他站在那裡，冷冰冰地說：「史渝你不要這樣子哭，被別人誤會就不太好了。」

魚丁嚇得就不敢哭了。

「誤會什麼？」我沒好氣地說，「她哭成這樣難道不是你的錯？」

魚丁直戳我的胸口示意我閉嘴。

我偏不。繼續說：「你有什麼道理罵她，你憑什麼講別人無恥？你自己又能有多高尚，區區一個文學社的社長，你還把自己當成總統了？」

簡凡張大了嘴看著我。

「好了，好了。」魚丁一邊抹淚一邊拉住我：「走啦，走啦，反正我從現在起退出文學社就行了。」

我惡狠狠的說：「你不退我打斷你的腿！」

我們走出老遠了，魚丁卻又幫他說話：「其實簡凡心地也滿好的，他就是那種對文學特別認真的人，容不得半點虛假。所以才會口不擇言。」

「等他拿了諾貝爾獎再囂張也不遲！」什麼人呀，弄得我的氣半天也下不去。

「你脾氣真大。」魚丁看著我說。

「所以今天下午沒罵你算是給你面子。」我哼哼。

「莞爾我知道你對我最好。」魚丁把頭靠過來再靠過來，低語說：「你說，結束是不是也太快了一點兒呢？」

「什麼？」我裝做沒聽懂。

「還沒開始就結束了，一點都不刺激。」魚丁嘆息。

「別去想啦。」我拍拍她，「再想，期中考就要當掉啦。」

「那，明天見。」魚丁咬咬下唇，跟我揮手道別。

眼看著魚丁騎遠了，我獨自穿過學校外面的小廣場準備坐公共汽車回家，剛走到廣場邊上，兩個黑衣的男生擋住了我，一把有著淡紅色刀柄的小刀抵到我胸前，其中一個男生低啞著聲音命令我說：「麻煩你，把兜裡所有的錢全掏出來！」

這是我平生第一次遭遇打劫，我抬起頭來，內心的驚喜卻壓過了所有的恐懼，因為我看到的是一張熟悉得不能再熟悉的臉，一張在我記憶裡翻來覆去無數次的臉，雖說這張臉如今顯得更加的成熟和輪廓分明，可是我還是敢保證，他就是葉天宇！

爸爸和媽媽整天念個不停的葉天宇！

「快點！」另一個男生開始不耐煩地催我。

我默默地拿出口袋裡所有的錢，除掉剛才坐計程車用掉的還有一百多塊，一起交到葉天宇的手裡，他伸出手來一把握住。可是誰也沒想到的是，就在此時，廣場周圍忽然冒出來好幾個便衣警察，他們在瞬間捉住了葉天宇和他的同夥。

我發出一聲低低的尖叫，然後看到我們學校才上任的年輕的副校長，他朝我走過來，對其中一個警察說：「還好，守株待兔總算

有了結果。」又轉身問我說：「你是哪個班的？被搶了多少錢？被搶過多少次？」

我看著葉天宇，一個粗暴的警察正掰過他的臉來，想把他看清楚。但他看上去並不害怕，臉上的表情是冷而不屑的，一如當年。

「說話啊，不用怕。」副校長提醒我。

「可是……」我在忽然間下定了決心，結結巴巴地說，「他，他們沒搶我的錢。」

我話音一出，所有的人都吃了一大驚。副校長看著我，一副「你是不是被嚇傻了」的滑稽表情。

「我們認識的。」我說，「他們跟我借錢而已。」

「那這刀是怎麼回事？」一個警察問我。手裡拿著從葉天宇手中奪下來的小刀。

「這刀？」葉天宇冷笑著說：「削水果還嫌鈍，你們以為我能拿它來做什麼？」

「輪不到你說話！」警察往他頭上猛的一打，很嚴肅地對我說：「小姑娘你不要撒謊，這可關係到你們全校師生的安全，要知道我們在這裡已經守了三天了！」

「守三天也不能亂抓人啊。」我鎮定下來，「我們真的認識，他叫葉天宇。你們不信可以查。」

我看到葉天宇的臉上閃過一絲震驚的表情，他顯然是不認得我了，於是我又趕緊補充道：「我媽是他乾媽，我們很小就認得的。」

葉天宇的同夥聽我這麼說立刻來了勁：「快放開我，有沒有天理啊，是不是跟妹妹借錢也要被抓啊？」

這時，警察已經從葉天宇的身上搜出了一張學生證，他在黃昏的光線裡費力地看了看，有些無可奈何地對周圍的人說：「是叫葉天宇，五中高三的學生。」

BUS
LABA

副校長看著我說：「你是哪個班的，叫什麼名字？」

「蘇莞爾，高一（三）。」我急切地說，「請你們相信我，我說的都是真的。要不，你們可以打電話問我班主任，也可以打電話給我媽媽問她認不認得葉天宇！」

我的心跳得飛快，上帝做證，十六年來我可是第一次這樣面不改色地撒謊！

副校長走到一旁打電話，好像過了許久，他走到我身邊問我：「蘇莞爾，高一（三）班的宣傳委員？」

我點點頭。

「你確定你沒有撒謊？」副校長嚴肅地說：「學校最近被一個搶劫集團弄得相當頭疼，我想你應該有所耳聞。」

「一定是誤會了。」我有些艱難地說：「我們在這裡偶遇，他提出要跟我借錢。就是這麼簡單。」

副校長走過去和那幫警察商量了半天，最終還是決定放人。我暗地裡慶幸，心卻是跳得更快了。葉天宇伸出手把我一拉說：「快走吧，咱媽還等著我們回家吃飯呢。」說完，他拉著我拔足狂奔，一口氣跑出了小廣場，一直來到了公共汽車的站牌下面。

他的同夥也跟上來了，拍拍胸脯說：「老葉，原來你在重點中學也有馬子啊，刮目相看，刮目相看！」

「胡說什麼呢！」葉天宇說：「豬豆，你先走，我還有點事。」

那個叫豬豆的男生朝他擺擺手，知趣地走了。

葉天宇靠在廣告牌上，掏出一根香菸來點著了，含著那根菸，他口齒不清地問我說：「你真的是莞爾，蘇莞爾？」

「你的記性不會如此壞吧。」我氣呼呼地說，「何況我也沒整過容。」

「還那麼喜歡鬥嘴？」他笑。

「我們全家一直在找你。」我說，「還在報上登過尋人啟事。」

「拜託！」他哈哈一笑說，「你看我像看報紙的人嗎？」

「你以前的鄰居說你和你叔叔一家一起搬到北方去了。不然媽媽一定會繼續找直到找到你為止。」

「哈哈，」葉天宇說，「那個一臉麻子的胖女人嗎？我差點把她家閣樓燒掉，她不胡說八道才怪！」

我提要求：「我媽媽很掛念你，常常說起你，你跟我回家去看看她好不好？她看到你真不知道會有多開心。爸爸今天還說要去北方你老家一趟呢……」

「不去了！」他用手把菸頭狠狠地捏滅，扔得老遠：「不管怎麼說，今天謝謝你救了我，說真的，你丫比小時候漂亮多了，好像也聰明多了。」說完，他朝我揮一下手，轉身大步大步地走了。

「葉天宇！」我衝上去喊住他。

「喂！」他回頭，「別纏著我啊，不然我翻臉的。」說完想了想，從口袋裡把那一百多塊錢掏出來還給我。

「你拿去用吧。」我低著頭說，「以後別去搶了。」

他拉過我的手，把錢放到我手心裡：「記住，別跟你媽說見過我，不然我揍你。」

我看著他高大挺拔的背影揚長而去，心裡酸酸的。

整個晚上，我都在想葉天宇。想他用刀尖抵著我時的情景，想他那麼多年來都沒有變過的冷漠和孤獨的神情，想他現在怎麼會變得這麼這麼的糟糕，心裡亂七八糟地疼痛著。

我想暫時對媽媽隱瞞這件事，我倒不是怕葉天宇揍我，只是不想媽媽為此而傷心。

但是有一點我清楚，我今天這麼做，是應該的。

我應該救葉天宇，這簡直不用懷疑。

2 從來也不用想起

有一天，電視上在放一首叫《酒矸倘賣無》的老歌。

那個叫蘇芮的歌手把頭用力地往後仰著仰著，唱出一句歌詞：

「……從來也不用想起，永遠也不會忘記……」

我忽然就有了想哭的衝動。

我覺得用這句話來形容我和葉天宇，應該是再適合不過了。

從某種角度來說，葉天宇代表著我整個的童年。很多時候我都試圖想要忘記這個人，在有風吹過的時候提醒自己展望前方，在爸爸媽媽提起他的時候儘量做出一副冷漠的表情，但是我心裡清楚地知道，我忘不掉。他經過我的歲月遺留下來的痕跡混和著感激憤恨歡樂和痛苦，是一種拚了命去擦也沒有辦法擦去的根深柢固的記

憶。

像一棵盤根錯節的大樹。

認識他的時候，我只有五歲，他七歲。

五歲的某一天，爸爸把我從幼稚園接回家，中途到一家小店買菸，我獨自跑到大路上去撿一隻別人廢棄的花皮球，根本就沒看到那輛迎面而來的大卡車，路過的一位阿姨不顧危險地狠狠地推了我一把，硬是將我從死神的手裡活生生地拉了回來。而她的腿卻被傷到，在醫院裡住了差不多半個月。

那個阿姨就是天宇的媽媽，我叫她張阿姨。張阿姨出院後我們家請他們全家到家裡做客，那是我第一次看到葉天宇。他小時候就顯得挺成熟，穿著很神氣的大皮靴，拿著一把槍在我家的地板上耀武揚威地走來走去。我瞪著大大的眼睛看著這個不速之客，他忽然問我說：「你喜歡玩紙飛機嗎？」

我搖搖頭。

「那你喜歡玩什麼？」

「彈鋼琴。」我說，說完了又拚命地搖頭，因為我忽然覺得那不一定應該叫喜歡。

「來表演一個啊。」媽媽忽然來了興致，「我們家莞爾的鋼琴進步很快哦，來，給叔叔阿姨表演一個！」

我有些木然地坐到鋼琴旁，木然地彈完了一支木然的曲子。大人們都給了我熱烈的掌聲，只有葉天宇縮在牆角，在掌聲過後撇著嘴說了一句：「叮叮咚咚的，也不知道有什麼意思？」

張阿姨用力地打他一下說：「不懂不要亂講，跟妹妹學著點。」

「我才不要學！」他很凶地說，「學那個有什麼意思？」

「對，男孩子不要學。」媽媽替他打圓場說，「天宇以後長大了想當什麼？」

「警察！」他舉著手裡的槍得意洋洋地說。

這回輪到我撇嘴，不過好在他沒看見。

沒過多久，媽媽就收天宇做了乾兒子。張阿姨高興得要命，說她家世代都是工人，天宇總算是半隻腳踏進知識分子的家庭了。媽媽也真的很疼天宇，給我買好吃的好玩的都不忘給他備上一份，每個星期天還把他帶到我家替他補習功課。葉天宇也很喜歡我媽媽，他倆曾經照過一張照片，相互摟著，看上去比親母子還要親熱。（這張照片一直放在我家客廳很顯眼的位置）不過，我並不因此而感到心理不平衡，相反的是，我還挺喜歡和他一起玩。

天宇本來在一所很破的小學讀書，我爸爸求了他的老同學，他才可以轉來跟我一個學校，比我高二個年級。有一天放學後在學校的操場上，一個男生揪我的小辮子玩，我疼得滿眼都是淚水。這一切被葉天宇看到了。他像隻小豹子一樣地衝上來，把那個男生壓在地上壓得喘不過氣。後來，誰也不敢再欺負我。同班的女生們都羨慕我有一個可以替我出頭的哥哥。但其實，葉天宇和我之間也沒什麼話好講的，特別是在學校，他見了我最喜歡說的一句話就是：「小丫頭，一邊去！」

天宇的爸爸葉伯伯也是個很和氣的人，他對天宇相當的疼愛，很多的周末，我們都可以看到他在小區的廣場陪天宇打羽毛球，打累了替他買一支雪糕，再耐心地替他剝掉雪糕上的那層紙。我要是過去了，天宇會把雪糕往我手裡一塞說：「你來得正好，這種東西膩死了，你替我吃掉它！」

我就毫不客氣地接過，甜甜地吃著雪糕替他們父子倆做起啦啦隊來。

只可惜上天沒眼，天宇十一歲那年，葉伯伯死於一次工傷，聽說是一整堵牆倒下來，把他壓了個血肉模糊。

葬禮的那天我也去了，張阿姨哭得死去活來，可是天宇一滴眼淚也沒有掉，他抱臂坐在那裡，身後的牆是灰黑色的，他臉上的表情是一種近乎於驕傲的倔強的堅持。那是天宇留在我印象裡最深刻的形象，很多次我想起他，都是這樣的一個鏡頭，陰藍色的天空，張阿姨淒厲而絕望的哭聲，緊咬嘴唇沈默不語的失去父親的孤單少年。

我走近他，不知道該說什麼，於是就在他身邊坐了下來。然後，我把攤開的手掌伸到他面前，掌心裡，是一個很大很大的彩色玻璃球，他跟我要了很久我都沒有給他的東西。

他輕輕地推開了我的手，起身走掉了。

葉伯伯走後天宇家的日子就艱難了

許多，為了供天宇更好的讀書環境，張阿姨除了平時的工作，每天早上四點鐘就要起床，在小區裡挨家挨戶的送牛奶。而爸爸媽媽送過去的錢，每一次都被原封不動的退了回來。媽媽被張阿姨的善良和堅強打動，於是更加的疼天宇了，怕天宇在學校吃不好，每天中午都讓他到我家來吃飯，只要天宇在，他最喜歡吃的糖醋排骨就常常出現在飯桌上。

就這樣，半年過去了。

夏天的中午總是炎熱而又漫長，從我們家餐廳的窗戶看出去，天空單調得一塌糊塗，只有一朵看上去又大又呆的雲。天宇不喜歡做功課，就趴在桌上玩一本遊戲書，那本書上面全是密密的迷宮地圖，要費很大的勁才找得到出口。我一看到那東西就頭疼，天宇卻樂此不疲，他總是對我說：「不管多難找，也一定會找到出口的。」

我不理他，埋下頭認真做起我的作業來。

十歲的我是個人見人愛的乖乖女孩，每一次考試都可以拿到第

一。鋼琴也考過了第八級。在鮮花和掌聲鋪就的道路上長大的我沒有想過，就是在那一年，我會遇到了一個很大的挫折：競選班長失敗。

我真的沒有想到自己會失敗。而且是敗給了那樣一個在我看來毫不起眼的對手。結局出來的時候我幾近虛脫，但是我沒有哭，我希望會有一個人可以給我一個合理的解釋。但是沒有，一向最疼我的班主任老師沒有安慰我，而是無可奈何地對我說：「也許，你該自己想想是什麼原因。」

我想不出來會是什麼原因，也許，我家沒有選中的那人家裡有錢吧，聽說選舉的前幾天，她和她爸爸媽媽請了全班二十幾個人出去郊遊。我當然不在受邀的名單裡。

世界是如此的醜惡，醜惡到我不敢也不忍去面對。

整整一天，我不知道自己是怎麼過的，自尊不允許我掉一滴眼淚，但是無論是誰說話，我都疑心他們在譏笑我。

放學後，我破天荒地沒有按時回家，而是一個人跑到大街上去閒逛。我背著大書包漫無目的充滿憂傷地走在城市漸漸冷清的大街，第一次想到了死。

雖然我曾目睹了葉伯伯的死亡，但那依然是一個在我那樣的年紀無法真正體會到的冷酷的詞。

於是我去了河邊。

「蘇莞爾，你頂沒用。」我坐在河邊罵自己。

「蘇莞爾，跳吧，跳下去一了百了。」

「蘇莞爾，沒什麼，明年還會競選，你還有機會。」

……

我在內心跟自己進行著激烈的掙扎，完全忘掉天色已經越來越晚，危險就在步步臨近。就在這時，一個喝醉酒的流浪漢踱到了我身邊，他噴著滿身的酒氣問我說：「你這麼晚了不回家在這裡做什麼啊？」

他的衣服骯髒極了，眼睛是血紅的。

我嚇得跳起來就跑。他卻一直跟著我過來，我嚇壞了，回頭朝他大聲地喊道：「滾，滾遠點！」

他沒有滾，而是猛地朝我撲過來，把我整個地壓到了身子底下。我的腦子當時一片混亂轟轟亂響，就在我快暈過去的時候突然傳來一聲暴喝，那醉漢被什麼東西擊中了頭部，軟軟地倒到了一邊去。

救我的人，是天宇。

我嚎啕大哭，他一把把我從地上拎起來，緊緊地抱住了我。

在路人的幫助下，警察趕來處理了此事，醉漢終於被帶走了，爸爸媽媽正在趕來的途中。我因為受到極度的驚嚇，一直躲在天宇的懷裡簌簌發抖，他悶聲悶氣地安慰我說：「沒事了，有我在沒事了。」

一個民警問天宇說：「你是她什麼人？」

他看了他一眼，淡淡地說：「哥。」

那是天宇第一次在公開的場合願意承認是我哥哥。我一邊哭一邊感受到一種說不出的溫情，他卻開始不耐煩地喝斥我：「好了，怎麼沒完沒了？」

被他一凶，我哭得更厲害了。

他只好低聲下氣地說：「哭吧哭吧，怕了你了。」

看著他擰起的眉毛，我的哭聲終於漸漸的小了下去。而他的臉上，竟然好像有了笑意一般。

沒選上班長的事情就這樣過去了。爸爸和媽媽竟然也沒有多提。不過我一直害怕，也很後悔那天的衝動，要不是天宇找到我，不知道會發生什麼可怕的事情呢。

後來每次放學，總感覺到有人在我身後跟著我。回過頭去卻又看不見人。終於有一次發現是他，不遠不近的跟著，嘴裡咬著一根香菸。

「喂。」我走近了問他，「你怎麼抽起菸來了？」

他若無其事：「小丫頭管不著。」

「是不是你老跟著我？」

「你媽讓我看著你點兒。」他說。

「我沒事的。」

「那是最好。」

「你不要抽菸，你媽知道會傷心的。」

「我都說小丫頭不要管這些！」他把菸扔到地上說：「你幹嘛不找個好朋友，每天陪你回家呢，人家小姑娘都是成雙成對的。我也用不著這麼累！」

我大喊起來：「不要你管！」

「那麼驕傲做什麼？」他很不屑的樣子。

他的不屑觸到我最大的痛處，是的，我是沒有朋友，因為太優秀，所以太孤獨。但是，這關他什麼事呢，他憑什麼用這種不屑的眼光來跟我說這些呢。我的自尊心在瞬間分崩迷離，在眼淚下來之前掉頭跑掉了。

那天晚上，我腦子裡一直都回響著天宇的話：「那麼驕傲做什麼那麼驕傲做什麼那麼驕傲做什麼？」

好像從來都沒有人這樣子批評過我。

我真的是那樣子的嗎？

這種自我的審視讓我覺得疼痛極了。

從那天後，我好像就刻意地躲著他，他來我家吃飯，我就飛快地吃了下桌看書去，我不想和他說話，當然他也不會主動和我說話。

我們的關係變得奇怪和僵持。

有一天，體育課後，我經過學校的小賣部，看到有很多同學圍著那個阿姨在買冰水喝，天宇也在，我眼睜睜地看著他溜過去偷偷拿了兩瓶水，沒付錢就跑掉了。我忍不住把這件事告訴了媽媽，媽媽沒吱聲。但我知道她開始給天宇零花錢，他來一次我家就給一次，每個月給他的錢肯定比給我的多得多，不過張阿姨一直都不知道。

可惜的是天宇並沒有因此而改邪歸正，而是更加的變本加厲了。六年級的他劣跡斑斑，抽菸，賭博，偷盜，校布告欄上常常會出現他的大名。

我們在學校擦肩而過的時候，誰也不理誰。

就這樣子離得越來越遠。

他的所作所為也終於被張阿姨知道，我還記得那是一個周末，小舅到新疆玩，帶回來很多的馬奶子葡萄，媽媽和我拎了一大盒送到張阿姨家，發現張阿姨正在用皮帶追著天宇打，一邊打一邊流著

淚罵：「你小小年紀就學會了偷，看我不打斷你的腿！」天宇被打得滿屋子上竄下跳像隻尾巴著了火的猴子。媽媽心疼極了，尖叫一聲撲過去想攔住張阿姨，可她還沒撲到，張阿姨已經噗通一聲自己倒在地上了。

我們送她到醫院，醫院的診斷結果是冰冷的：胃癌，晚期。

就這樣，短短一年的時間，天宇竟先後失去了雙親！

記憶裡，那是一個相當冷的冬天。在醫院長長的充滿蘇打水氣味的走廊裡，我看到天宇用拳頭緊緊地堵住了嘴巴，低聲的嗚咽像隻被困的小獸。我的心尖銳地疼起來，眼淚搶先一步落地，媽媽撲過去摟住他，爸爸則飛快地拉走了我。

我沒有想到的是，那是我兒時最後一次見到天宇。

張阿姨走後天宇住到了他唯一的親戚也就是他叔叔家，他也升了初中，我們不在一個學校讀書了，他們家以前的房子也很快的被賣掉，不知道為什麼，他叔叔不喜歡我們和天宇來往，我媽媽打電話過去他們也常常不接。於是很長時間我們都不知道關於天宇的消息。天宇十三歲生日的時候爸爸媽媽曾經和我帶著禮物到他叔叔家去探望他，可是我們被告知他們已經搬走了，那個饒舌的女鄰居說：「都怪他們領養了他姐姐的小孩，那個小孩是個剋星，剋死了父母，如今又讓他叔叔的生意一落千丈，不能沾呵，沾上他要嚇死人的咯。」

「到底會搬到哪裡？」媽媽不死心地問，「一點兒也沒說嗎？」

「東北吧，挺遠的一個地方。」女鄰居一臉的麻子，看上去可惡極了。她說完這話就砰地關上了門，不再理我們了。

那晚媽媽哭了很久。之後的很多日子，她總是說她這個乾媽沒盡到應盡的責任，不知道天宇會不會過得好，要是過得不好張阿姨在天之靈也會不安的。

爸爸摟著她的雙肩安慰她說：「放心吧，一定會有再見面的一天，天宇這孩子其實挺重感情的，他不會忘掉你這個乾媽。再說，

沒人管了也許會更懂事呢。」

我當時覺得老爸的話挺有道理的，只是沒想到這一分別，就是整整的六年。不知道為什麼，在這六年裡，我常常會想起他。一個人走過學校的操場的時候想起他，在大大的飯桌上做作業的時候想起他，他就像是兒時曾聆聽過的一首歌，不管你喜歡還是不喜歡，那熟悉的旋律卻總是想忘也忘不掉。

3 走不進一扇回憶的門

第二天一早在校門口見到魚丁，她好像心情好多了。

「魚丁。」我看著她說，「我昨晚見到他了。」

「誰？」魚丁疑惑。

「他。」我說，「我常常跟你提起的那個，小時候那個。」

「葉天宇？」魚丁把我的大書包往空中一甩，興奮地尖叫起，「怎麼，他是不是終於去了你家？」

我把昨天的事一提，魚丁簡直樂不可支，「蘇莞爾美人救英雄，我昨天怎麼著應該陪你，不該先走掉的呀。」

「我真沒想到會跟他這麼戲劇性的相逢。」我說，「我差不多整晚沒睡著。不知道為什麼，我的心亂得可以。」

「有什麼好亂的？」魚丁安慰我說，「你不要想那麼多，也許他也沒你想像的那麼壞呢。」

「都攔路搶劫了，還能好到哪裡去？」我嘆息。

「是啊，你天天念著的竹馬和你想像中不一樣了，是挺失望的。我挺理解你的。」魚丁死壞死壞，故意說著我不愛聽的話。

我把頭埋在她肩窩裡沈默。

魚丁打著哈欠說像你這樣對童年有著孜孜不倦回憶的女生真的是很難找到了，我真是連一年前的事情都不願意再去想起。

「是嗎？」我笑笑：「那就好，這代表著一年後，你就可以忘掉那該死的簡凡了。」

「是哦是哦。」魚丁說，「我要是忘不掉他我不是人哦！」

我們倆嘻嘻哈哈的時候，就看到簡凡站在離我們前方不遠的地方，正指手劃腳地和兩個女生說著什麼。於是我們趕緊收起笑往校門裡跑去，經過簡凡身邊的時候，我感覺到魚丁稍微停留了一下，被我一帶，也只好低著頭繼續往前衝了。

上午的考試，我考得差強人意，題目很難，好多同學考出來都垂頭喪氣。中午的時候，我趴在那裡，迷迷糊糊地就快要睡著，恍惚中回到家裡，好像有人在敲門，我打開，竟是葉天宇，他的頭髮有些長了，面色蒼白，看著我的眼神似笑非笑。

我正要喊他，他卻消失。敲門聲卻仍「篤篤」地響個不停。

我努力地睜開眼。

不是敲門，是有人在敲我的桌子，把我給敲醒了。

「蘇莞爾。」他說，「對不起吵醒你，借一步說話好嗎？」

是，簡凡。

找我？？？

我被他一嚇，清醒許多：「找我有事嗎？」

「是這樣的。」簡凡從身後拿出幾本雜誌對我說，「我中午找到這些你發表的東西好好看了看，寫得真是好。我之前都不知道我們學校有你這樣一個才女，你是否願意為我們校文學社的刊物寫點文字呢？」

「喂！」我哭笑不得，人完全清醒：「這兩天在期中考試呢，你有沒有搞錯？」

「不是要你這兩天寫。」簡凡說，「你月底前給我就行！」

「可是，」這人的行事風格真是古怪，我啼笑皆非地說，「就算是這樣，也不必這麼急著來約稿吧。」

「你是大牌，要提前預定啊。」他摸摸後腦勺說，「我真是孤陋寡聞，到今天早上才知道天天跟史渝在一起的人就是蘇莞爾。」

「別再責備魚丁。」我說。

「我沒責備她。」他說，「我不過問清事實而已。」

「女生有女生的自尊，你再咄咄逼人就不像君子了。」

「是。」他意想不到的老實。

「好的。」我說，「我月底前盡量給你一篇稿件，只要你不嫌棄。」

他向我點頭，留下他的MSN帳號，還要走我的帳號，心滿意足地離去。

簡凡剛走，魚丁就來了，遞給我微熱的漢堡，還有一杯紅茶，急切地說：「餓壞了吧，麥當勞隊排老長，小姐動作超慢，我差點沒抽她。」

我掏錢給她，她把我手壓住，惡狠狠地說：「想我抽你呀。」

罷罷罷，十個我也打不過一個她。

「今天放學後我要去見葉天宇。」我命令她說，「你要陪我去。」

「電燈泡我不做！」她把頭昂起來。

我把腫眼睛一瞪，她立刻又說：「保鏢我義不容辭！」

這還差不多！

按我們商量好的辦事，下午自習課的時候魚丁開始裝肚子疼，痛苦的哼哼聲繞梁不絕。班主任忍無可忍，終於下令：「蘇莞爾你送她先回家。」

我儘量憋住臉上的笑容，老天保佑，一切都如意料中的順利！

葉天宇他們學校差不多可以說是全市最差的中學，也有人稱它為「五毒中學」，意思就是那裡的學生五毒俱全，各種壞事樣樣皆能。而且那裡在城郊結合部，要轉好幾路車才能到。

好不容易折騰到了，他們學校正好放學，我們在馬路邊站了很久，我終於看到了葉天宇，他出了校門，背著個鬆鬆垮垮的大書包，正和幾個男生女生一起在過馬路，手裡還夾著一根香菸。我看到他把手搭到其中一個女生的肩膀，然後把嘴裡的那口煙猛地吐到女生的臉上，女生肆無忌憚嘩地尖叫起來，伸出手在他的臉上嘩地打了一巴掌，然後他們開始你追我趕。

葉天宇腿長，瞬間就追上了那女生，他一把拽住那女生的長髮，惡狠狠地說：「他ＮＮ的，你再打我一下試試？」

就在這時，他看到了我和魚丁。

他的臉上閃過一絲驚訝，一把放開那個女生，冷冷地問我：「你怎麼會在這裡？」

「呵呵，換口味了。」女生說上上下下地打量我說，「小淑女，你要小心，別跟著這個ＧＧ學壞了哦。」

葉天宇把臉一板，嗓子捏起來說：「就是！別在這裡浪費時間，還不快點回家做你的功課去！」

「挺有兄長樣的嘛。」魚丁插話說，「難怪我們莞爾要對你念念不忘。」

「你是誰？」葉天宇皺著眉頭看著魚丁。

「莞爾的保鏢。」魚丁振振有詞，「誰敢欺負她我可不答應。」

「是嗎？」葉天宇挑挑眉再抱抱拳：「那你保護好她，在下先走一步！」說完，一把摟住旁邊女生的腰，以誇張的腳步搖搖晃晃地向前走去。

「葉天宇。」我追上他，「下周六是我媽媽的生日。」

「關我什麼事？你他媽再煩我扔你進大海！」

「你他媽再凶他看我扔你進大海！」好魚丁，手一撐腰，往我面前一擋！

「小妞挺凶。要扔先扔了我。」說話的是那天和葉天宇一起搶我錢的叫豬豆的傢伙，正一邊和魚丁說話一邊對著我擠眉弄眼。

魚丁不言不語，輕輕地一伸手一抬腳，豬豆就「哎喲」一聲躺到了地上。

魚丁的一身本領可是不吹的。只可惜躺地上的小子不識相，不服輸地「騰」地躍了起來，手裡多出了一把小刀。

我見過那把刀，它曾經緊貼過我的胸口。

魚丁鼻子裡輕輕一哼，再一抬腿，那小子已抱住手嗷嗷亂叫，小刀飛出到三米之外，圍觀的人群發出一陣喝彩！

「小妞不錯啊，」好幾個男生擠出來說，「跟我們再比試比試嘛。」

我趕緊湊到魚丁耳邊說：「別賣弄了。」

「你！」魚丁下巴一抬，直直地朝著葉天宇：「跟我們走一趟！」

「Yes Madam!」葉天宇拍拍掌走過來，兩隻長臂一伸，一邊一個抱住了我和魚丁。我當時就羞紅了臉，魚丁則像點著了的炮竹，噗哧一下飛得老遠去了。一邊跑一邊回頭說：「我在公共汽車站等你們！」

葉天宇的手依然放在我的肩上，重若千斤。我通紅著臉，不知道該推還是不該推。

他看著我的窘樣，刻薄地笑起來：「怎麼，跟我沒話說？」

世界靜止了好幾秒，直到我終於輕輕地推開他。
有人在我們的旁邊吹起了口哨。
葉天宇轉身凶他說：「吹你個頭，再吹我滅了你！」再轉回頭喝斥我說，「走啊！」
說完，他邁開大步，頭也不回地一直向前。
我一路跟著葉天宇上了公共汽車。這時正是下班的高峰，車廂裡人很多，好不容易等到一個座位，葉天宇示意我坐上去。魚丁扁扁嘴說：「別忘了我也是女士。」
「你？」葉天宇說，「沒看出來。」
我偷偷地笑。這是他在車上說的唯一的一句話。
我們在鬧市口下了車，我對他說：「我想跟你聊聊。十分鐘就可以了。」我的語氣已近乎請求。
「沒什麼好聊的，過去的事我全都忘了，你別自討沒趣！」葉天宇翻臉比翻書還快。

「喂！這人怎麼這樣說話呢！」魚丁打抱不平說，「裝酷是不是啊？」

我拉開魚丁，低聲求她說，「讓我單獨跟他說兩句？」

魚丁無可奈何地拍拍我說：「好吧，你自己小心，有事打我手機，我開著。」說完，離開了。

葉天宇朝她的背影吹一口哨說：「這妞武功不錯啊，你哪裡找來的？」

「葉天宇。」我說，「我媽媽真的很想你。你就不能回去看看她嗎？」

「是嗎？」他壞壞地笑著說，「你想我不想我呢？」

我給他堵得說不出話來。

過了半晌還是他說話了：「你他媽煩不煩？我要說多少遍，過去的事我全忘光了！」

「你少騙自己了！」我說，「你給一個理由，為什麼不願意見我們？」

「不願意就是不願意！」他脖子一梗說，「還要什麼理由？」

風吹過人潮擁擠的十字街頭。我們就這樣面對面地站著，我看著他，他看著我。我倔強的，就是不扭開我的目光。

不知道過了多久，他敗下陣來，無可奈何卻又語氣堅定地對我說：「我最後一次警告你，你以後再也不許來找我！」

說完，他頭也不回地走掉了。

我心情沈悶地回家，關在房間裡生悶氣，老媽砰一下撞開我的門說：「拜託你也把自己的窩收拾一下，人家都說狗窩狗窩，我看你這裡連狗都不願意來住！收拾好才准吃飯！」

我放眼一看，四周挺乾淨的嘛。怎麼也沒有她說的那麼過份，不過我一向聽話，她讓收拾就收拾唄，沒那麼多話，何況是在她心情不好的時候，還是乖一點比較識相哦。說句實話，我的房間要說

亂呢也就是書櫥亂一些，反正有些書不想要了，正好收拾出來放到小閣樓裡去，我翻著翻著，忽然看到的是一本很久沒翻過的書，那是葉天宇以前老玩的那本遊戲書《迷宮地圖》。我翻開來，裡面好多頁都被葉天宇用紅筆畫過了，那些彎彎扭扭的線讓我清晰地想起他以前玩這種遊戲時固執的傻樣。

我把書一把扔進紙袋裡，心想，那個該死的葉天宇，就讓他見鬼去吧。

人與人之間都是有緣分的，而我和葉天宇的緣分值，從張阿姨走的那個冬夜起，就只剩下零了。那些青梅竹馬的晦澀記憶，也只是我成長時依賴的一份溫暖的錯覺，不能作數的，忘了，就忘了吧。

4 我是你的旋木嗎？

冬天來了，天真的是冷得不可思議，我也真的是一個字都寫不出來。我答應簡凡給校刊的稿子也一直沒給他，他很生氣地對魚丁說：「我會等下去的！我相信她總有一天會實現她的諾言！」

魚丁跟我說這些的時候笑嘻嘻的，她穿了新的棉衣，是「播」牌的，紅色。我喜歡這個衣服品牌的那個模特兒，不算漂亮但特有氣質，還有他們在雜誌上所做的廣告文案，很有新意的樣子。魚丁呵著氣，把新的一期校刊遞給我，上面有簡凡的一篇小說，小說的名字叫《我是你的旋木嗎》，放在很頭條，很醒目的樣子。

魚丁說：「寫得挺好呢，你看看吧。」

那些天魚丁像是著了魔，整天整天都在唱那首王菲的新歌，歌

的名字就叫《旋木》。

下課的時候，她把頭放到課桌上，眼睛看著窗外，輕輕地哼：

擁有華麗的外表和絢爛的燈光，我是匹旋轉木馬身在這天堂，只為了滿足孩子的夢想，爬到我背上就帶你去翱翔；我忘了只能原地奔跑的那憂傷，我也忘了自己是永遠被鎖上，不管我能夠陪你有多長至少能讓你幻想與我飛翔……

魚丁是那種略粗的有些沙啞的嗓音，唱著Faye的歌別有一番滋味。我靠著她靜靜地聽她哼，冬天的陽光帶著一種懶洋洋的金色從窗外射進來，讓我心折。

晚上回到家裡，信箱裡躺著那首王菲的新歌，信是簡凡寫來的，他說：

「每一個人都願意圍著一個人打轉，永不停止，一直守望。誰，會是你的旋木呢？你，又是誰的旋木呢？這首歌，送給你，你要快樂。」

你要快樂。

很久都沒有人跟我說過這樣的話。

那天晚上，居然又夢到他。他一直在笑，微笑的樣子，陽光照著他的頭髮，他的頭髮是金黃色的。

書上說，因為想念才會入夢。

我因為這個夢而恨自己。一肚子的鬱悶不知道應該如何表達，早上刷牙的時候就不知不覺地卯足了勁，弄得一嘴巴全是泡沫。

爸爸敲敲衛生間的門，有些焦急地說：「莞爾你快點，你媽媽身體不太好，我要送她到醫院去。」

「啊？」我趕緊把門推開說，「媽怎麼了？」

「發了一晚上的燒，早上還不見退。」爸爸說，「看樣子要打點滴才行，你自己到街上買點早飯吃吧。」

我跑到媽媽房間裡去看她，她病得好像真的很厲害，臉頰上通紅的，不斷的咳嗽，躺在床上有氣無力的樣子。

「媽媽，媽媽。」我說，「爸爸這就帶你打點滴去哦。」

「你別管我了，快去上學吧。」媽媽聲音微弱的說。

我在上學的路上又想哭了，媽媽的身體其實一直都不是很好，她有糖尿病，心臟也有點小問題，我總是讓她生氣，不理解也不把她的願望放在心上。

因為惦著媽媽，一上午的課都上得恍惚，中午的時候我不放心打爸爸的手機，爸爸說：「媽媽是急性肺炎，要在醫院裡住幾天。」

禍不單行，下午最後一堂課前，班主任把我從教室裡叫到了副校長室。年輕的副校長鐵青著臉把兩張紙往桌上一扔說：「說！你那天為什麼要撒謊？」

我隱約知道是何事，於是低下了頭不做聲。

「現在是你將功補過的時候，」副校長說，「那個葉天宇，昨天在百樂門廣場門前傷了人，現在正在潛逃。如果你知道他在哪裡，希望你馬上說出來。」

「傷人？潛逃？」我驚訝地抬起頭來。

「凶犯是五中的學生，昨晚六點半，他們在百樂門聚眾鬥毆，一把刀插進了對方的腹部。警察認出了那把刀，就是上次葉天宇拿在手中的那把。」

我腦子裡轟轟亂響，差點站不穩。

「我們要通知你的家長。」副校長冷冰冰地說，「你最好說清楚你和這個葉天宇到底是什麼關係。」

我雙腿發軟地回到教室，魚丁迎上來問我說：「出了什麼事？」

「葉天宇出事了。」我低聲說，「昨天，他在百樂門，捅傷了人。」

「啊？」魚丁尖叫說，「連累到你了？」

「連累我我倒不怕，聽說他畏罪潛逃，不知道逃到哪裡去了。」

「你擔心他？」魚丁笑笑地說，「不是早上來還讓我從此不要再提這個人？」

「別這樣，我心亂得很。」我說，「魚丁我心真的亂得很。」

「我理解。」魚丁收起那張似笑非笑的臉，握住我的手說，「放心吧，會過去的。」

放學後我急忙忙地往醫院衝，媽媽還在醫院裡，估計老師還沒有通知到她和爸爸，不過我應該在這之前給他們一個解釋。可是我到了醫院卻一個字也吐不出來，媽媽躺在那裡，她睡著了，很累很倦的樣子，鹽水瓶裡的水一點一點在往下滴。

我問爸爸：「媽媽怎麼樣？」

「病來如山倒。」爸爸說，「她太累了，正好休息休息。莞爾你先回家，自己隨便弄著點吃的，外婆待會兒會給你媽送吃的。」

我還是坐公車回家。這時候的公共汽車遠遠沒能白天擁擠。空空蕩蕩的一路搖晃著，像很多舊電影裡的舊場景。我獨自上了樓，走到家門口的時候，一個人影閃出來，一隻手忽地拉住了我，另一隻手隨即捂住了我的嘴。

「快開門。進去再說！」

是葉天宇！

我順從地開了門，把他放進屋裡，他好像是渴死了，一進來就到冰箱裡找水喝，雖說是六年沒來，我家他倒是熟門熟路。

「自首去。」我說，「警察到處在找你。」

「你怎麼知道？」他顯然嚇了一大跳。

「他們認得那把刀，已經找過我。」

「切！」葉天宇站起身來說，「有多少錢，借我跑路，以後一定還你。」

「你還是去自首吧。」我說，「難道你要這樣過一輩子？」

「小丫頭片子懂什麼？」他哼哼說，「錢是借還是不借？」

「我媽現在在醫院，她病了。」

「她也知道了？」葉天宇好像很緊張。

「沒。」我說，「我還沒來得及跟她說，不過我想我們老師應該很快可以找到她。」

天漸漸地暗了下來，我開了燈。葉天宇忽然用一種漫不經心的語氣問我說：「我是不是讓你特失望？」

「也不全是。」我把他和媽媽的合影從玻璃櫥裡拿出來說，「我媽對你這麼好，可是你為什麼這麼多年都不來找我們？」

他喝斷我：「別那麼多話，到底有沒有錢借給我？」

「一定要跑嗎？」我說，「可以有別的辦法的。」

「你有什麼辦法？」他壞壞地看著我問。

我動用我有限的法律知識：「你還是學生，投案自首一切會從輕處理的。」

他哈哈笑起來：「好吧，告訴你也無所謂，其實，我昨天根本就不在百樂門，人是豬豆捅的，豬豆其實平時膽子挺小，可是那小子竟然敢罵他媽，他一衝動就一刀捅過去了，我當時要是在，絕不會讓他幹這種蠢事。反正現在警察懷疑的是我，我一跑，豬豆就安全了，兩全其美。」

「為什麼替他頂罪？」我說，「為什麼那麼傻？」

「你有沒有試過沒飯吃餓得小腿肚都抽筋？你有沒有試過大風大雨的夜裡無家可歸？」葉天宇冷笑著說：「十六歲我就從叔叔家出來一個人住了，豬豆是我唯一的朋友，要不是他，我早就退學了。豬豆他媽媽真的是個好人，就像你媽一樣，對我沒話講。我一個人無牽無掛到哪裡都無所謂，可是豬豆是他媽最大的希望，他要有什麼事他媽也活不了。」

「可是，你為什麼不回來找我們？」

「無親無故。」葉天宇冷酷地說，「我憑什麼來找你們？」

「我不會讓你走的。」我說，「媽媽也不會讓你走的。任何事情都有解決的辦法，你相信我，一定會有的。」

葉天宇說，「你自小語文就好，什麼叫走投無路你應該明白吧。」

我衝到小閣樓，拿出那本他曾經非常鍾愛的《迷宮地圖》扔到他面前：「你曾經說過，一定可以有一條路走得通的，你看看，你忘記了嗎？」

他看著我手裡的書，愣了好久，嘴唇輕微地動著，我大氣也不敢出，甚至以為他要哭了。誰知道他卻粗魯地扯過我手裡的書來，毫不猶豫地就扔到了窗外。

這個瘋子！就在這時，門鈴就響了，一聲比一聲急促。

爸爸媽媽都在醫院裡，這個時候來的會是誰？

我看到葉天宇的臉色變得異常的冷峻，心也就跟著狂跳起來。

我開了門。

門外站著的是我的班主任和兩個警察。

班主任埋怨說：「開個門怎麼這麼久，還以為你不在家！」

「我在洗手間。」我甩甩手上的水漬說。

跟電視劇裡一模一樣，警察一進門就開始對我家進行仔仔細細的搜索。班主任嚴肅地板著臉問我說：「你爸爸媽媽去了哪裡？」

「我媽媽生病了。他們在醫院。」看到警察一把推開我房間的門，我很不高興地走過去說：「你們沒權這樣吧？這是我的房間，我爸爸媽媽進去都要敲門的。」

「有人來過嗎？」一個警察探頭朝裡望望，問我說。

「沒有。」我搖頭。心跳得飛快。

「就你一個人？」另一個警察問我說。

「要不還有誰？」我說。

房間裡靜極了，警察看著我我也看著他，他終於不由分說地推開我闖了進去，門後，床下，衣櫃裡全找過了，可是什麼也沒有找

到。我衝著他大喊說：

「這是我的房間，我警告你們不要亂來，要不我就去告你們！」別看我的樣子凶巴巴的，其實我自己知道自己撐不住了，眼淚已經汪在眼眶，馬上就要哭出來。

班主任見狀連忙拍拍我肩做和事佬說：「沒事沒事，還不是怕你有危險嘛，葉天宇可是一個危險人物，你只要把你知道的說出來就好了。」

「我不過是認識他而已。」我強迫自己鎮定下來，走上前去拿起我媽媽和葉天宇的合影說：「瞧，他是我媽的乾兒子。我們很多年前就認識了。」

警察繼續東張西望，並指著頂上的小閣樓問我：「上面是什麼？」

「小閣樓。」我說，「我家堆雜物的地方。」

「廚房的樓梯應該通到的吧，我們上去看看。」

「不要！」我跳起來攔住他們。

「為什麼？」他們被我弄得好緊張的樣子。

我說：「上面有好多老鼠，我爸爸已經打算要封掉那裡，讓我們都暫時不要上去，要是給老鼠跑到家裡來就麻煩了。」

「只怕會是一隻大老鼠。」警察話中有話，兩人根本就不聽我的，迅速進了廚房，彎著腰就往小閣樓上爬。

家裡的電話就在這時候響了。

我接起來，衝著聽筒大喊一聲：「葉天宇，你在哪裡？」

警察一聽我喊葉天宇的名字，閣樓也不去了，又轉身連忙衝了下來。

可是電話那邊什麼聲音也沒有。

「你快自首吧。」我說，「你跑不掉的。」

警察衝到我身邊，用眼神示意我繼續跟他再講話，我搖搖頭，警察把電話接過去，那邊傳來的是「嘟嘟」掛斷的聲音。

「誰？」警察問。

「是我同學。」我低聲說。

「我是說剛才那個電話是誰打的？」

「應該……是葉天宇。」

「他在哪裡？」

「不知道。」我說。

「快去醫院看看。」警察說完，拉著我們班主任就往外走。班主任一邊走一邊回頭對我說：「蘇莞爾你自己在家小心點，不要隨便開門。」

我表情僵硬地點著頭。

等門關上。我才發現自己已經是滿頭大汗，強撐著走了兩步，終於全身無力地跌坐到沙發上。

過了好一會兒，「吱呀」一聲，小閣樓的門被慢慢地推開，葉天宇彎著腰從樓梯上走了下來，走到我身邊說：「那閣樓裡真他媽有老鼠，一直在啃我的球鞋！」

我只是喘氣。

「呵呵，好在那個電話救了我，誰打來的？」

我這才想起，我們家房子舊了，隔音不好，我們在下面講話，他在上面應該聽得清清楚楚。

我把手從口袋裡慢慢地拿出來，手裡握著的是我的手機。

「喔！」葉天宇恍然大悟地說，「電話是你自己撥的？」

對，是我撥的，用手機在口袋裡打電話捉弄人是以前我和魚丁剛有手機時常玩的遊戲。

「小丫頭！」他拍拍我的頭表揚我說，「還挺勇敢。」

被他這一拍，一下子把我的眼淚給拍出來了。

不想讓他看笑話，我別過頭去，他從桌上抽一張紙巾遞給我說：「來，擦擦。」

我心裡恨著他，把他的手拚命地推，紙巾從他手裡飛出，如一

隻蝴蝶，輕飄飄地落到地上。

「我走了。」他悶聲悶氣地說，然後朝門邊走去。就在他拉開門的剎那，我從沙發上彈起來，衝到他面前，大喊一聲：「葉天宇！」

「嗯？」他回頭。

「你不可以就這樣走掉！」我說，「你不可以！」

「為什麼呢？」他把手放在門把上，笑著問我。天，他居然還笑得出來。

我想了想，走過去，把手裡的手機遞給他說：「這個給你，無論如何，不管你走到哪裡，讓我可以找到你。」

我的語氣近乎懇求，他愣了一下。

「我是為了媽媽。」我說，「她現在生病在醫院，警察正在去找她的路上，我不想你有事，你不可以有事！」

說完，我又把口袋裡所有的錢掏出來。

他猶豫了一下，把錢接過去說：「錢算我向你借的，手機不要了，我會聯繫你。」

「你不聯繫我你是豬！」我脹紅了臉喊道。

他看著我，臉上的表情很古怪，像是想笑卻又笑不出來的樣子。過了好一會兒，他拉開了門，跑掉了。

我靠在門後，聽著樓梯上傳來的越來越遠的叮咚而已慌亂的腳步，嚎啕大哭。

在我的記憶裡，上學後，我從來沒有這麼誇張地哭過。我越想越傷心越想越難過越想越害怕於是越哭越厲害，越哭越不可收拾。

不知道過了多久，爸爸回來了，他一推開門就朝我喊起來：「死丫頭，你知道天宇的情況為什麼不告訴我們，你想氣死你媽媽是不是？」

「你老師把什麼都告訴我了！」爸爸的樣子氣得真不是輕，「你要是早一天說，也許天宇就不會去打傷人，更不會被抓起來！」

什麼？他到底被抓起來了？

爸爸終於說：「他剛才在醫院，可能是想去看看傷者怎麼樣了，沒想到正好遇到警察。」

我心裡猶豫得要死，人根本就不是他傷的，我該不該把真相說出來呢？

「怎麼辦？」第二天一早，我六神無主的問魚丁。

「先上學去。放學了我陪你再去五中。」魚丁說，「聽我的沒錯！」

我哪有心思上課啊，數學課拿出來的是英語書，英語課放桌上的是歷史練習冊。只是我沒想到的是不用我去找豬豆，豬豆卻自己找上門來了。

我拖著魚丁往學校外面跑去，跑出校門就看到豬豆蹲在那裡，他的頭髮很髒亂，大衣胡亂地披在肩上，一看就是一夜沒睡的樣子。

「喂！」我喊他。

他抬起頭來，一臉的驚喜：「是你，我還以為要等到放學。」

我把他拉到一邊，低聲問他：「葉天宇現在怎麼樣了？」

「那個傻瓜居然跑到醫院去了！」豬豆抓著頭皮說，「我沒有路子，你看看你爸爸媽媽能不能幫幫他。」

「怎麼幫？」我冷著臉說，「人可是你捅的。」

他嚇一大跳：「你知道了？」

「這世上沒有不透風的牆。」

豬豆痛苦地說：「天宇是個好兄弟，我一輩子欠他的。」

「自己做了的事就要勇敢去面對。」我對豬豆說，「膽小鬼還談什麼兄弟義氣？」

「你家裡真的幫不了他？」豬豆絕望地問我。

「幫不了。」我狠狠心說，「你要做好準備，要是實在不行，我是要把真相說出來的。」

「我知道了。」豬豆朝我點點頭，把手揣在褲袋裡，搖搖晃晃地走掉了。

「說得對！」魚丁在我身後說，「對這種人就要不留情。」

放學後，我懷著忐忑不安的心情去醫院看媽媽，準備著迎接她對我的一頓無情的謾罵，我想好了，無論她怎麼罵我，我都不還口，以不變應萬變。

可是媽媽看到我卻微微地點了點頭，一直都沒有罵我。

「媽媽，你好些了嗎？」我問她。

「希望明天可以出院。」媽媽說，「莞爾，你覺得媽媽愛不愛你？」

「愛啊。」我說。

「那就行了。」媽媽說，「你是我的女兒，我不愛你愛誰去呢？」

「媽媽。」我說，「對不起。」

正說著呢爸爸進了病房，一進門就取下手套，大聲地對我和媽媽說：「沒事了，天宇那傻孩子原來是替別人頂罪的，那個真正犯事兒的小孩下午已經投案自首去了。」

「那天宇是沒事了！」媽媽高興地坐起來說，「他人呢，你見著了？」

「還沒。」爸爸說，「我去警局的時候，他已經被放走了。我打聽到他的地址，先忙著過來給你報個喜，一會兒就去找他去！」

「太好了。」媽媽說，「我就說嘛，天宇是個好孩子，不會亂來的。我真想快點看到他，你別等了，現在就給我找他去！」

「我餓急了。」爸爸說，「容我先吃兩口飯？」

「快點快點。」看媽媽的樣子，真是急得不行了。

「要不地址給我，我去吧。」我連忙站起身來說。

5 有我在沒事了

紙條捏在手裡，已經有了微微的濕度。

我把它展開來，上面是爸爸的字跡：古更巷一八三之二號。

這一帶都是平房，比我們家那塊兒地還要顯得古老。街道又窄又髒，門牌上面的號碼已經斑駁脫落。我找了許久，又問又猜才到了葉天宇的家門口。那扇暗紅色的木門緊閉著，我敲了半天，沒人應我。

從窗戶朝裡望，漆黑一片，什麼也看不見。

就在這時候來了一中年婦女，手裡拎著一大籃子蔬菜，用探詢的眼光看著我。我繞過她正要離開，卻看到她走上前去砰砰砰地敲起葉天宇的門來，準確地說，那簡直不是敲門，是擂門。

「別敲了，他不在家。」我忍不住說。

她回頭問我：「你是葉天宇什麼人？」

「朋友，」我問，「你也找他嗎？」

中年婦女上上下下地打量我說，「我是他房東。沒見你來過嘛，你是他什麼朋友？」

我正不知道怎麼答，門吱呀一聲開了，葉天宇的頭伸了出來，扯著嗓子喊：「老子好不容易睡一覺，誰在這裡鬼敲亂敲地敲門？」

原來他在家睡覺！

「我就知道你在！」中年婦女一見他，面上一喜，嘴裡急急地說：「你叔叔已經三個月沒交房租給我了，要是再不給，你可別想再住在這裡。」

「你問老頭子要去啊，房子又不是我跟你租的。」葉天宇靠在門邊，掏出一根菸來點上，瞇縫著眼睛，看著我，眼神裡的意味是：「你怎麼也在這裡？」

「爸爸讓我來找你。」我說。

中年婦女再次用疑惑的眼光看著我。

葉天宇抬抬下巴，示意我進屋。

我有些遲疑。

「怕什麼呢？」他流里流氣地說，「你可是自己找上門來的。」

中年婦女搖搖頭，把菜籃子往地上一放說：「我管不了這麼多，要是三天內不把錢給我，我就把房子租給別的人，可別說我沒有警告你。」

「哎喲！」葉天宇身子一晃，誇張地說，「您可把我給嚇著

了。」

沒等那婦女答話，又猛喝我說：「要進來就快點！」

我一腳剛踏進門內，葉天宇就在我的身後罵罵咧咧地把門重重地拍上了。

房間裡沒有開燈，四周很暗，我有些不安地把手揣在口袋裡飛速地說：「我媽想你去醫院看看她總之你去也得去不去也得去。」

「呵呵，」他笑起來，「我要是不去你打算怎麼辦？」

我想了想，吐出兩個字：「求你。」

「哈哈。」他大笑。

上帝保佑，他笑完後終於把燈給點亮了。一個簡單破舊淩亂的家清晰地出現在我面前。一支菸完畢，葉天宇緊接著又點了一支，他沒有請我坐，而是自己坐下來，把腿支到那張搖搖欲墜的餐桌上，用一種興災樂禍的眼神看著我，緩緩地說：「你求給我看看？」

我沒有求，我哭了。

我的心裡難受到了極致，呼吸也像是被什麼亂七八糟的東西給死死地堵住了。我弄不明白自己這樣子到底為什麼，我不是一個愛哭的女生，可是你瞧，我卻這樣三番五次沒有自尊地在他面前哭泣。

我聽到他短促地嘆息了一聲，然後看到他站起身來，踢開椅子，走到我面前。我等著他大發脾氣，將我從他的屋子裡拎起來扔出去，可是他沒有，他輕輕地抱住了我，然後他說：「莞爾，你別哭呵。」

我的呼吸徹底停止，眼淚如決堤的潮水洶湧不停。

時光好像一下子回到了很多年前，那個令我無比恐懼的小河邊的黃昏，他也是這樣抱著我，悶聲悶氣地對我說：「沒事了，有我在沒事了。」我低頭看著他骯髒的像船一樣的大球鞋，在這一瞬間才忽然明白，我關乎愛情的所有想像其實都是從那個擁抱開始的，雖然這些年他都不在我身邊，但這種感覺卻陪著我一直穿過兒時和

年少綿密擁擠的記憶一路走來，和我的每一個日子息息相關，深入骨髓，從來就不曾遠離。

想明白這一點後，我面色脹紅地推開了他。

他又要命地笑起來，用一種差不多是同情的眼光看著窘迫的我說道：「好吧，走，咱們去醫院。」

我如願以償，破涕為笑。

他無可奈何：「怕了你。」

一刻鐘後，媽媽終於見到了朝思暮想的他。眼看著老媽眼裡的「洪水」就要氾濫，老爸連忙活躍氣氛，把他往自己身邊一拉說：「喲，都比我高出一個頭啦。」

媽媽一邊抹淚一邊笑著說：「我就知道他能長這麼高，從小就一雙大腳嘛！」

在媽媽的面前，他顯得很不一樣，那些油滑和粗暴統統都收了起來，顯得平和甚至羞澀。我偷偷地笑，被他發現，拿眼睛瞪我好幾秒。

「我一出院就和莞爾爸爸去找新房子，到時候你就住到我們家裡來。」媽媽說，「這麼小的孩子，一個人住怎麼行？」

「沒什麼的，習慣了。」他說。

「這麼小的孩子……」媽媽拉著他的手，眼淚又開始往下掉。

我們母女倆真是有一拚！

他不說話，只是嘿嘿地傻笑。

那天一直到護士趕我們走我們才離開。到了公車站臺，看看時間，應該還可以趕上最後一班公車。秋夜涼如水，我對他說：「你先回去吧，我不用你送

的。」

他不答話。車子來了，卻先我一步上車。

末班車空空蕩蕩，我們各坐一邊，看窗外流動的風景，還是不說話。

下了車後他一直跟在我身後，就這樣到了我家樓下，我又說道：「不用送了。你快回去吧。」

「我答應過你爸爸送你到

家。」他說，「快，上樓！別囉哩囉唆的！」

怕他的怪脾氣又上來，我低著頭蹭蹭蹭地往樓上衝，衝到一半的時候我聽到自己的肚子很響地叫了一聲，這才想起來我還沒有吃晚飯，他應該也沒有吃吧。

我掏出鑰匙開了門，見我開了燈，他在我身後對我說：「我走了。你一個人在家，自己把門鎖鎖好。」

「等等。」我說。

「怎麼？」他回頭。

「我……」我有些結巴地說，「我，我有點怕。」

他撓撓後腦勺。

「進來啊。」我說。

看他有些遲疑，我便學他下午的口氣：「怕什麼？是你自己要送我回來的！」

他笑，終於跨進我的家門，一邊跨一邊說：「嬌小姐沒自己一個人在家待過吧，閣樓裡的小老鼠估計就夠你受的！」

我招呼他坐下，拉開冰箱，謝天謝地，有菜。電鍋插著，看樣子外婆來過了。我把菜放到微波爐裡熱了一下，給他盛了一大碗飯遞到他面前說：「吃點吧，我可是餓壞了。」

他估計也餓壞了，沒扭捏就拿起了筷子。

兩個人吃飯不說話挺悶的，我只好沒話找話：「這麼多年不見，我爸媽是不是都老了許多？」

「還好。」他說，「其實我那天就看到他們了，不過他們沒有看到我。」

「哪天？」我很有些吃驚。

他不答，埋頭扒飯。我才猛然想起他被警察抓住的那天，我還說他怎麼那麼笨要跑醫院裡去，原來是偷偷去看爸爸媽媽了。

我的心裡滾過一陣說不出的滋味，看著他。他長長的手伸過來在我頭上打了一下說：「看什麼看！」

「你為什麼一直都那麼凶？」我問他。

「我說了我是粗人嘛。」他吃完了，扯過我桌上的抹布就要擦嘴，我連忙奪過，遞給他一張紙巾。他勉為其難地接過，在嘴上飛快地抹了一下，然後飛快地說：「我要走了。」

那一夜，我睡得特別安穩。

6 誰可以給誰幸福

這一天，是簡凡的生日，他讓魚丁來約請我吃飯。

我說：「好啊。」

「耶！」魚丁高興得在大街上直跳。我忽然覺得有些心酸，我這個笨笨的好朋友，她的心，是如何一覽無遺地牽掛著一個男生的喜怒哀樂。

魚丁說，「那放學後你先去接你媽出院，我去買禮物，我們約好七點半在花園餐廳的大門口見，怎麼樣？」

「OK！」我和她擊掌。

放學後我就匆匆忙忙地走了。其實我並不是去接老媽，醫生說她還沒有完全好，最快要到明天才可以出院呢。我又去了葉天宇的

家裡，之所以不告訴魚丁是怕她亂講。

可是葉天宇並不在家。我吸取上次的教訓「擂」了半天的門也不見他出來，倒是把隔壁的那個房東給敲出來了，用好奇的語氣問我說：「又來找他啊，他出去了。」

「他的房租交了嗎？」我問。

「沒。」

「應該是多少錢？」

「每月一千，三個月三千。怎麼？」

我數出三千塊錢給她，她有些驚喜地接過，又不甘心地說：「我等於是半租半送，這樣的房子打聽一下，租給誰都可以要個二千左右的，我看他是個孩子又沒爹沒媽的……哪知道他叔叔是這樣子的人！咦，對了，你是他什麼人？」

「你知道他去哪裡了嗎？」我問。

「看你的樣子，和他平時結交的女孩兒不一樣。」女房東把錢收起來說，

「我看你還是聽我的勸，離他遠一點兒。」

「我問你知不知道他去了哪裡？」

那女人朝著揚揚下巴說：「往前走，左拐，活動室，他准在那裡。」

我去了，所謂的活動室其實就是一個賭場，大大小小擺著好多張麻將桌，我一下子就看到了葉天宇，他就坐在門邊，正和和別人在酣戰。我猶豫著要不要喊他的時候他已經抬頭看到了我，完全出乎我意料，他看到我臉上竟露出欣喜的神色，把面前的牌一推，站起身來對我大喊說：「有事啊？就來就來！」說完，人已經離開桌子來到了我的面前。

「輸了想溜啊！」他對面的男人站起身來拖住他說：「你還欠我一千塊呢。」

「我女朋友在這裡，給個面子啦。」葉天宇一把推開他，轉身對我說，「走，還沒吃晚飯呢，餓死我了。」

「回來！」那男人火了，「今天不滿四圈誰也不許走！」

「咦？老子怕你不成？」葉天宇提高嗓門，一副滿不在乎的樣子。麻將室裡的人都齊齊朝著這邊看過來。

「得，輸不起的孬種！」男人攤開手說，「你把欠我的錢還了，大爺今天放你一馬。」

「你他媽找打呢！」葉天宇說著就動了手，一拳打到那男人的胸口，那拳下得可重，男人往後退了一步，差一點撞翻身後的麻將桌。葉天宇一步向前，乾乾脆脆地掀翻了桌子，隨著眾人的驚呼，麻將如天女散花劈劈叭叭地散落到地。

「還不快走！」做完這一切，他大喝一聲，拖住我就飛奔出了麻將室。

他跑得飛快，我跌跌撞撞才勉強跟上他的步伐，就這樣不知道

跑了多久，他才終於停了下來。

我驚魂未定地拍拍胸口，生氣地說：「你到底要做什麼呀，每一次都嚇死人咯。」

「嘿嘿。」他還好意思笑。

「今天是我來，你有沒有想過要是媽媽看到你這樣會怎麼想？！」

「我管她怎麼想？我早跟你說過不要來找我！」他面無表情地說，「我明天就要搬家了，你以後都不要再來了。」

「你！」我氣憤極了，衝著他喊道：「剛才那個人罵得一點沒錯，你就是個孬種，孬種！」

他的臉色在瞬間變得嚇人，手也高高地舉了起來。我喘著粗氣倔強地看著他，我想好了，要是他敢打我，我就跳起來打他的耳光，我不怕他！

可是他沒有動手，我們之間還沒有決出勝負，已經有三四個人飛速地往這邊衝了過來，嘴裡高喊著：「就那小子，別讓他跑了！」

天，是麻將室那男人，他帶著人來尋仇了！

無路可逃。

短短十幾秒，我和葉天宇就被那幾個傢伙團團圍住了。

這是一個非常偏僻的小巷，我環顧四周，估摸著這個時候，連鬼都不會經過這裡。剛剛被葉天宇打過一拳的男人手裡拿了一根不知道從哪裡撿來的鏽跡斑斑的鐵棍挑釁地說：「跑啊，再跑給大爺看看！」

「跑什麼？」葉天宇靠到牆上滿不在乎地說，「老子跑不動了，想歇會兒。」

男人被葉天宇的滿不在乎氣得臉都紫了，豎起一根小手指說：「大爺我出來混的時候，你還只有這麼丁點兒大！你不信我們今天就好好玩一玩，看到底誰更牛！」一面說，一面用不懷好意的眼光上上下下地盯著我。

「你盯著她看幹什麼，她那個鬼樣，老子一看就要吐！」葉天宇一定還在氣我剛才罵他，對著那男人氣哼哼地說。

「葉天宇！」我氣憤極了，「你是個瘋子！」

葉天宇流里流氣地說：「對，我是瘋子。小妹妹你不要跟瘋子混在一起，識相的話就趕快回家吧。」

「老子可沒空看你們演戲，想著這妞替你去報警吧。」男人手裡的鐵棍就要指到我臉上來，「不過我可要提醒你，要報警動作要快，不然你男朋友就會半身不遂了！」

「是嗎？那我們可說好，今天不把我打到半身不遂不算你本事！」葉天宇說完，轉身對著我咆哮道，「老子要打架了，你還不快滾！」

「我不會走的，」我說，「也不會讓你打架！」

「叫你滾你就滾，不要纏著我！」葉天宇說著，一巴掌就揮到我臉上來，我驚訝地捂住臉，臉頰火辣辣的疼。這個粗魯的沒有修養的想出手就出手的混蛋，我沒有想過他竟會動手打我！在眼淚下來的一刻，我大聲地喊道：「葉天宇，你這個瘋子，我再也不會管你了，讓你被打死算啦！」

說完，我扭頭狂奔。

我一邊跑一邊掉著眼淚，那邊的小巷一個接一個，就像迷宮，我不知道跑了多久才跑到了大路上，靠在路邊的一棵樹上大口大口地喘氣。有人經過，用驚奇的眼光看我，但沒有誰上來問我到底是怎麼了。臉頰的疼開始變得木訥，我的理智也漸漸恢復，這才忽然想起，不知道他怎麼樣了，會不會真的被揍得很慘？

就算他再混帳，我又怎麼可以丟下他不管？

這麼一想，我立刻折身往原地狂奔。

可是，我已經找不到來時的路了。

夜幕降臨，我完完全全迷失在陌生的城區曲曲折折的迷宮裡。

心裡很多的壞念頭開始上上下下地湧動，我拚了命才抑制住內

心的後悔和恐懼，擦掉眼淚，強迫自己先鎮定下來。好不容易先找到了那間居委會的麻將室，再循著記憶繼續向前，當我的腿已經完全不聽自己使喚的時候，我終於看了葉天宇。他遠遠地蹲靠在小巷的牆邊，頭低著，一動不動。

我跑到他面前，也蹲下來。我的呼吸快要停止，那一瞬間，我想，他死了，他一定是死了，他剛剛被人打死了！我從沒受過如此的驚嚇，拚命地一邊搖他一邊用變了調的聲音喊他的名字：「葉天宇，葉天宇，你怎麼了，你不要嚇我！」

「喊魂呢？老子還沒死。」我聽到他

懶洋洋的聲音。然後，他在我面前抬起了頭。

血。

我看到了血。

他一臉都是血！我看不清他的五官和表情，只看到鼻孔裡還有血在不斷地往外冒。天啦，天啦，我尖叫著，虛虛晃晃手忙腳亂地在書包裡找東西想要替他擦拭，可是該死的書包裡除了書還是書。我丟掉書包，脫下了我的外套，但是他並不領情，而是一把推開了我，自己搖搖晃晃地站了起來，用袖子滿不在乎地擦著臉上的血跡往前走去。

他只走了兩步，人就直直地往後倒下來。被跟上去的我接個正著，但是他太重了，我根本就扶不住他，結果雙雙跪到了地上。

「對不起對不起。」我看著鼻青臉腫的他，怎麼也控制不住我洶湧而下的淚水，他很不耐煩地說：「哭什麼哭，再哭我又甩你！」

「怎麼辦怎麼辦？」我拖著哭腔問，「要不要去醫院？」

「不要！」葉天宇又頑強地站了起來，裝做若無其事地說，「扶我回去再說。」

彷彿走了一百公里的路，我們終於回到了葉天宇的家。我打開燈，把他扶到床邊，讓他躺下。想倒熱水給他洗個臉，卻發現他家只有一個空空的熱水瓶，沒有可以燒水的地方。

「用冷水。」他低聲吩咐我說，「到後面院子裡接。」

我推開後門，借著房內的燈光看到那是一個雜草叢生的小院，很小，約莫只有兩三平方的樣子，堆了一些亂七八糟的雜物，散發著一股難聞的氣味。緊靠著後門邊，立著一個高高的上了鏽的水龍頭。我一隻手捂住鼻子另一隻手把它打開來，水出乎我意料地大，要不是我閃得快，衣裳就濕透了。

我吸著氣把一盆冷水端進屋。毛巾扔進水裡浸濕，凍得我雙手發紅。葉天宇躺在那裡一動也不動，像是累到了極點。我發著抖，用冰冷的毛巾去擦拭他臉上的血，也許是覺得太冷，他迅速地睜了一下眼又迅速地閉上了。

換了三盆水，他的臉上總算是乾淨了。我欣慰地發現臉上的傷痕不算太明顯，而且血也不再流了。

「怎麼樣，」我輕聲問他，「你確定可以不用去醫院嗎？」

「不用。」他咕嚕著說。

「還是……去一下吧。」我小心翼翼地堅持。

他不吱聲。過了好半晌才對我說：「你去給我弄點跌打藥，再弄點吃的，另外，弄包菸來。」

「去醫院吧。」我差不多是用哀求的語氣。

他眼睛猛地一瞪說：「你懂個屁！想我再進局子？」

「好吧好吧。你不要亂動，等我回來。」我無可奈何地說，起身剛準備要走他卻又一把拉住我說：「等等。」

「怎麼了？」

「你的那個朋友呢，會拳打踢腿的那個？」

呀，魚丁。對啊，葉天宇不提我還忘了，今天是簡凡的生日，我和魚丁約好晚上在花園餐廳門口見呢，我都給忘光光了！

葉天宇說：「晚上這一帶很亂，讓她來陪你再出去。」

說曹操曹操到，手機響了，正是魚丁，在那邊氣急敗壞地喊：「蘇莞爾，你又耍大牌啊，我們都等你一刻鐘了！」

「魚丁對不起。」我說，「今晚我不能來了。」

「啊！！！」她在那邊發出高分貝的尖叫。

「你聽我說。」我走到屋角，背對著葉天宇對魚丁說，「你趕快帶著跌打藥，帶點吃的，還有一包菸，馬上來古更巷一三八之二號，我在這裡等你。」

「出什麼事情了？」魚丁警覺地問。

「你別問了。我都不知道怎麼辦了，總之你快來幫我，」我哭音重重地說，「不要告訴簡凡，更不可以帶他來，聽到沒有？」

「明白。」到底做了這麼長時間的知己，魚丁一定從我的語氣裡聽出了事情的嚴重性，沒再多話，把電話掛了。

葉天宇的小屋很冷，我回轉身，看他閉眼躺在那裡，也看不出他究竟會有多難受。我扯過他床上的被子來替他蓋上，他忽然閉著眼睛對我說：「你還是回家吧，這裡不該是你來的地方。」

「你怎麼樣？到底疼不疼？」我問他。

「還撐得住。」他皺著眉說。

「魚丁就來了。」我說，「我們等著，她比我有辦法。」

他忽然嘆口氣：「別告訴你媽媽。」

「不告訴也行，你得答應我一條件。」

他的眼睛睜開了，看著我，悶聲悶氣地問：「你有啥條件？」

「以後別再去賭了。」我說。

他居然笑起來，然後說：「怎麼像電視劇裡老婆跟老公說的話？」

我又氣又惱，不自覺地伸出手去打他。他「哎喲」一聲，眉毛

鬍子疼得揪到了一塊，嚇得我又趕快問他：「怎麼樣，沒打到吧？」

「你這是謀傷親兄。」他說。

不知道為什麼，這句話讓我的心裡軟到無以復加。我頭一低，怕自己又會掉淚，其實臉上已經不由自主地微笑了起來。

「簡凡是誰？」他問我，「是不是你男朋友？」

「我沒有男朋友。」我說。

「我才不信。」他把身子挪一下。

「不信拉倒。」

「這不正倒著嗎？」他哼著說，「NND，那幫傢伙下手真狠，我他媽下次一定讓他們好看！」

我撫著臉頰說：「我下次也一定要讓你好看。」

他嘿嘿地笑說：「我不是沒辦法嗎，不那樣我怕你不肯走啊，你哪知天高地厚，要是出什麼事可就來不及了。」

「哼哼。」我學他哼著，心裡卻早就原諒了他。

「還疼不疼？」他一反常態地溫柔地問，手伸到離我的臉很近的地方，卻又忽然停住了。我的心快要從胸口裡跳出來，跳起來去把門打開。他好像恢復一些了，嗓門兒也大起來說：「開門幹嘛呢？」

我真怕他又說出什麼難聽的話來，趕緊解釋說：「這裡難找，我怕魚丁會找不到！」

他不再說話了，眼睛又閉了起來。我靠在門邊等魚丁，彷彿過了半個世紀，魚丁終於出現在我的視線裡，我大聲地喊著她的名字迎上去，沒顧到腳下，差一點就滑倒。

「喂，小心。」魚丁一把抱住我說，「到底咋了，我一路上心都怦怦跳。麥當勞的隊又排得老長，真是要多倒楣有多倒楣。」

「葉天宇被人打了。」我聞到麥當勞的香味，把她手裡的袋子接過來，壓低聲音說，「我都怕死了。」

「哦，在哪裡，去看看。」魚丁拉著我說，「有本小姐在，你

莫怕。」

我們一起走進葉天宇的家，我把門帶上。魚丁問我說：「他睡著了？」

我看看葉天宇，他依然閉著眼睛，不知道是不是真的睡著了，於是對魚丁說：「我也不知道，他剛才還醒著呢。」

話音剛落葉天宇就說話了：「菸呢？」

魚丁嚇得往後一跳說：「哇，詐屍！」

「別亂講啦。」我重重地拍魚丁一下，伸出手說：「煙呢？」

魚丁搖搖頭，從書包裡掏出一包菸，嘻嘻笑著說：「不怕告訴你，還是簡凡那冤大頭掏的錢。」

「你有辦法。」我把菸遞到葉天宇的手裡。他連忙掏出一根來含在嘴裡，又吩咐我說：「火。」

我在桌上找到一包火柴遞給他，見他行動不便，索性劃了一根替他把菸點著了，魚丁嘖嘖地說：「蘇莞爾大小姐何曾這樣服侍過人哦。」

我的臉騰地就紅了，為了掩飾我的窘態，只好追著魚丁拚命地打。魚丁被我追急了，只好反擊，一個招勢將我拿下，扣住我雙手說：「別鬧啦，再鬧我可來真的了。」

「男人婆。」葉天宇悠閒地吐出一個菸圈，罵她。

「喂！」魚丁放開我，大踏步上前對著葉天宇伸出手說：「菸可是我替你買的，還來還來還來！」

葉天宇在她的手掌上一彈菸灰說：「謝謝謝謝，正愁找不到菸灰缸！」

我笑得腰都直不起來。

魚丁氣得把葉天宇的衣服領子一拎說：「你別裝死，有種起來單挑！」

魚丁的力氣真大，葉天宇被她一下子拎得高高的，他嘴裡大喊一聲，臉上露出非常痛苦的表情。我還沒來得及罵呢魚丁已經輕輕把葉天宇放下了，拍拍雙手說：「看來你小子還真的傷得不輕呢。」

說完了，從包裡掏出一瓶藥水樣的東西來：「祖傳秘方！你把衣服擼起來，我替你上藥！」

我這才想起來，這瓶子魚丁總是隨身帶著，她訓練和比賽的時候常常被人傷到，於是她做中醫的老祖父就專門泡製了這種「神奇」的藥給她以防萬一。

可是沒想到這回葉天宇卻扭捏起來，接過瓶子說：「行行行，我自己來吧。」

「叫你上藥就上藥，扭扭捏捏不像樣！」魚丁打開瓶子，捋捋袖子，一副江湖大夫的樣子命令道，「蘇莞爾你來替我按住他！」

「不要這麼誇張吧。」葉天宇趕緊說，「怕了你！」說完，自己乾乾脆脆地把衣服給擼了起來。

也許是有些害羞，也許是怕看到他的傷痕，我轉開了我的眼光。

沒過多久，聽到魚丁說：「好啦，保證你明天活蹦亂跳的！」

「多謝。」我回頭，正好看到葉天宇朝著她拱手。

「要謝就謝莞爾吧。」魚丁用毛巾擦著手，得意地笑著說，「還是她前世有福，修來我這樣的好友。」

「呃～」我和葉天宇不約而同做嘔吐狀。

「你平時喝水怎麼辦？」我問葉天宇。

他指指角落裡一個看上去像鐵做的東西對我說：「熱得快，見過沒？插到水瓶裡就可以了。」

「我來。」魚丁說，「我比蘇莞爾見多識廣，這東西我用過。」

水是燒開了，我找來找去，也只在房裡找到兩個杯子。只好讓葉天宇喝一杯，我和魚丁共喝一杯。低頭喝水啃漢堡的時候，我的心酸得有些不像樣，記得他告訴我十六歲就從他叔叔家裡搬出來住了，在爸爸媽媽溫暖的懷抱裡養尊處優長大的我無從去猜測這些年來，孤單的他，到底過得是什麼樣的日子。

吃過東西後的葉天宇看上去精神好了許多，他從床上站起來，動動身子，對魚丁說：「你丫的藥好像還真他媽有點用。」

「廢話！」魚丁說。

「不如把剩下的留給我。」葉天宇得寸進尺，「反正我常出狀況，用得著。」

「那不行。」魚丁把書包護起來說，「那絕對不行。」

「小氣鬼！」葉天宇坐到椅子上，又問我說，「莞爾你身上有錢不？」

「幹什麼？」我好緊張地問。

「不賣！」魚丁高聲喊道。

「鬼喊什麼？不是要買你的藥！」葉天宇又問我，「有還是沒有？」

「有。」我說。

「有多少全借給我。」他伸出手來，「我會儘快還你的。」

「不行，你得告訴我你要幹什麼才行，不然我不會借你的。」

「好吧。」葉天宇捂住胸口站起來說，「你們跟我去一個地方。」

「你行嗎？」魚丁問。

「有什麼不行的！」葉天宇說，「你愛去不去！」

「去！」魚丁的好奇心一向強烈，「我是莞爾的保鏢，她去哪裡我就去哪裡。」

「行。」葉天宇說，「那我們走。」

我們隨著葉天宇出門，葉天宇的步伐有些緩慢，但看上去並不沈重。魚丁在我耳邊悄悄對我說：「這傢伙忍耐力真不是一般的，換成是我也不一定爬得起來。」

「你說他要帶我們去哪裡？」

「怕什麼！」魚丁說，「有我在去哪裡也別怕！」

我們並沒走多遠，大約五分鐘後就到了一戶人家的門口。也是平房，不過顯得比葉天宇租的房子還要破舊。奇怪的是他並沒有敲門，而是不知道從門邊哪裡摸出來一把鑰匙把門給打開了。屋裡的燈是開著的，一個中年婦女從床邊站起來，臉上露出驚喜的表情。葉天宇和她說話：「阿姨，豬豆跟我乾爹出去跑趟生意，過兩天就回來！」

他一面說，一面比著手語。

把我和魚丁都看呆了。

原來這個又聾又啞的女人是豬豆的媽媽！

趁著豬豆媽媽去倒水給我們喝，葉天宇指著豬豆媽媽的背影告訴我們：

「豬豆生下來就有哮喘，他親爸親媽不要他，把他丟在醫院的門口。多虧這個女人收留他，他倆相依為命，靠撿破爛過日子。我從我叔叔家出來後，都是豬豆媽媽在照顧我。」

原來是這樣！

　　我聽了，連忙把口袋裡的七百塊錢全掏出來遞給葉天宇，魚丁也掏出五百塊低聲說：「我就這麼多了……」

　　「謝謝。」葉天宇感激地接過。

　　「可是現在豬豆被抓……」魚丁說到一半，趕緊摀住了嘴巴。

　　葉天宇說：「沒關係，她完全聽不見。」

　　「我讓我爸想辦法。」我說，「不過我有個條件。」

　　「好了好了，」葉天宇

說，「我不賭就是，現在這錢也夠她用一陣子的，實在不行，我再想別的辦法。」

「也不許去搶！」我說。

「咦？」葉天宇把眉毛擰起來看著我。

魚丁哈哈大笑說：「嘿嘿，葉天宇，有了個管家婆，夠你受的吧。」

那晚魚丁送我回家，我們並沒有坐車，而是踏著滿地的星光慢慢地往回走。一路上我們的話都很少。快到我家的時候，我摟緊魚丁的臂膀對她說：

「我打算寫一篇新的小說，題目我都想好了。」

「叫什麼呢？」魚丁問。

「誰可以給誰幸福。」我說，「其實這個世界，真的誰都可以給誰幸福，你說對不對呢？」

「呵呵呵呵。」魚丁笑起來，「大作家就是跟我們不一樣哦，

一有感慨就可以說出這麼有哲理的話來，佩服，佩服！」說完了，人卻突然僵住，指著前面說：「我會不會是眼睛出問題了，你看那是誰？」

是簡凡。

他就站在我家樓下，抱著他的大書包，像個雕像。

7 有個男生爲我哭

「Happy birthday!」走近了，我很真誠地對他說。

「一點也不快樂。」他板著臉，像個孩子一樣賭氣地答我。

魚丁用胳膊撞撞我，示意我跟他道歉。

「對不起啦。」我心領神會。

「是啊是啊。」魚丁也喊起來，「過生日要快樂的哦。」

「你們為什麼要騙我？如果覺得我很無聊跟我在一起不開心可以直接說，為什麼答應下來的事情卻做不到，這叫捉弄，捉弄！」簡凡的語速很快，看上去很激動。一時不知道該怎麼回應，我只好和魚丁面面相覷。

「是朋友嗎？」簡凡說，「是朋友就應該要真誠，這是最最基

本的道理。」

看著簡凡認真憤怒著的臉，我忽然覺得好笑，於是我就笑了一下。

「你笑什麼呢？」簡凡立刻要命地激動起來，「是不是覺得我好笑？覺得傷害了我也很無所謂呢？」

「簡凡你不要亂想，」我真的很倦，於是口氣淡淡地說：「今天真的是有急事，非常抱歉。再次真誠地祝你生日快樂。」

「是啊是啊。」魚丁把手舉起來說，「我做證，是真的有事哦。葉天宇被人打了，躺在那裡起不來，好在我及時趕到用我的祖傳……」

「魚丁！」我很不滿地打斷她。

魚丁甩開我說：「你不要這麼凶嘛，我在替你解釋呢！」

「我不認為有什麼好解釋的！你們先聊著吧，我要回家了。」

「莞爾！」魚丁喊住我，臉上的表情有些奇怪。

「不會讓我再送你回家吧。」我說，「這樣送來送去的要到天亮呢。」

魚丁拚命跟我做著鬼臉，把手微微地抬起來，悄悄地指指簡凡。我還沒看清什麼呢，只見簡凡已經一語不發，抱著他的大書包大踏步地走遠了。

「他哭了。」魚丁哭喪著臉說，「他傷自尊了。」

「不會吧？」我不信，「哪裡有這麼誇張？」

「你不應該是這種態度。」魚丁責備我，「你應該多說兩句安慰他的話。」

「拜託，他是男生呃，難道還要女生去哄他嗎？」我說，「你要是心疼，追上去哄吧，我可要回家睡覺了。」

「你哄葉天宇的時候不是挺在行的嗎？」魚丁又開始亂說起來。

我轉身上樓，聽到她在我身後喊：「蘇莞爾，你這麼驕傲，會

有報應的！」

第二天一早，爸爸把媽媽從醫院裡接回來，我就把豬豆家裡的情況跟爸爸媽媽說了，爸爸答應一定想辦法盡力幫豬豆。下午，他和媽媽一起拎著好多東西到醫院裡去看望了那個被豬豆捅傷的人，好在沒傷到要處，傷者正在慢慢痊癒。在爸媽的百般請求和勸說下他們終於答應不起訴豬豆，條件是除了醫藥費，還要再付五萬元的營養費和精神損失費。

「最多家裡裝潢簡單點啦。」爸爸跟媽媽商量說，「這筆錢無論如何要付的。」

「簡單點就簡單點啦。」媽媽挺能想得開的，「反正孩子們長大了也要離開家的，我們倆怎麼住不都是住？」

我趁機拍馬屁：「沒事，長大了我買別墅給你們住！」

「就你嘴甜。」老媽笑得什麼似的。

晚上我和媽媽一起去看葉天宇，走到他家的門口，發現他手裡拿著一把門鎖，正要出門的樣子。

「豬豆家門鎖不牢，他媽媽又聽不見，來了小偷都不知道。」

葉天宇招呼我們說：「要不你們先進來坐坐，我把鎖換上就來。」

「你一直住這裡？」媽媽看看四周眼眶就濕了，「你叔叔呢？」

「他離婚了又結婚了，一大堆孩子，哪裡顧得上我。」葉天宇笑笑說，

「這裡挺好啊，我住慣了。」

「你快去吧，我替你收拾收拾。」媽媽說完擼起袖子就做。

「阿姨，快別這樣！」葉天宇攔住她說，「你身體剛好，歇歇吧。」

「讓她做做事她心裡才會舒服呢。」我笑。

「那……」葉天宇說，「莞爾你陪我去豬豆家好嗎？」

「去吧去吧。」老媽一揮手說，「地方就這麼大，人多了轉個身子都轉不開，你們不在我正好幹活兒。」

「媽你別累著啦。」我叮囑完媽媽和葉天宇一起走出來，告訴他豬豆就快被放出來的好消息。他愣了一下問我說：「他們要多少錢？」

「還好啦。」我說，「我們家這些年什麼東西都沒買，爸媽還有點積蓄。」

「我還要謝謝你。」他說，「才知道你替我把房租交了。」

「幹嘛這麼客氣呢。」聽他這樣誠懇的說話我反而覺得怪怪的。

「對了，還有一件事，我決定不上學了，明天就去幫人家看店，你幫我瞞著你媽媽可好？」

我為難地說：「怕是瞞不住哦。我媽正張羅著買房子，要接你一塊兒住過去呢，還讓我爸找人替你轉學……」

「KAO！」葉天宇罵完，有點不好意思地摸摸後腦勺說，「對不起啊，習慣啦。」

「改正就好。」我笑瞇瞇地說。

他拍拍我的頭老三老四地說：「沒大沒小呢。」

我的臉不知道為什麼就微紅了。

換完鎖回他家，我們隔了小半米的距離一前一後地走著，沒什麼話，快到他家門口的時候我才喊住他說：「等等。」

「有何吩咐？」他回頭。

「有個要求。」我低聲說。

「講啊。」他有些不耐煩。

「別去打工。」我說，「你馬上可以住到我家裡，至少把高中給念完。欠我們的錢，你可以慢慢地還，不著急的。」

「就這個？」他問我。月光下，他的眼眸裡閃著我不敢直視的光茫。

「嗯。」我說。

「呵呵。」他把手放到褲子口袋裡笑起來。

「你笑什麼？」我不高興地說，「答應還是不答應？」

「你真像個老太婆。」他說。

「答應還是不答應？」我固執地問。

「莞爾……」他有些艱難地說，「要知道，我和你是不一樣的！」

「有什麼不一樣！」我喊起來，「一個鼻子兩個眼睛一張嘴巴，有什麼不一樣！」

「你不講道理。」他奇怪地容忍著我。

「你才不講道理！」

「好好好。」他舉起雙手往後退說，「我們快回去吧，要不你媽媽該著急了。」

我有些沮喪，這個人跟一頭倔牛沒什麼區別，看來要說服他，只有慢慢來。

接下來是非常忙碌的一周，因為元旦就要來了，學校和班級都有好多活動，我這個宣傳委員自然是不能閒著。連著幾天放學都在出壁報，魚丁喝光了小賣部裡買來的汽水，咬著一根空吸管靠在講臺邊看著我忙上忙下。

趁著休息的間隙我走過去跟她說話，「要不你先回去吧，這期壁報老班要求特多，今天還不知道要做到什麼時候呢。」

「不，等你。」

「那隨便你。」我說，「不過我沒錢請你吃東西哦。」

「你的錢都貼小白臉了。」她壞笑著說。

我拉下臉：「我會真生氣。」

「豬豆出來了？」她轉了話題。

「是啊，昨天我爸去接他出來的。」

「葉天宇真的不上學了？」

「不知道，我好多天沒去看他。」

「心裡老惦著吧。」魚丁又壞壞地笑起來。

「神經。不說這個要死人？」

「莞爾你和以前很不一樣了，你是不是開始覺得我變得多餘呢？」魚丁真的發起神經來了，她提高了聲音，正在黑板上奮筆疾書的曾燕都聽到了，停下來看著我們。

我一把把魚丁扯到教室外面：「姑奶奶，我求你別亂講，好不好？你要是覺得不耐煩，真的不用等我的，我一個人回家沒關係。」

「有件事我要提醒你，你還沒有跟簡凡道歉！」

「魚丁。」我說，「每個人都有自己做人的原則，我並不覺得自己做錯了什麼，所以，我不會跟誰道歉的，請你理解也請你原諒。」

「就算給我個面子也不行嗎？」魚丁說，「你有沒有考慮過我夾在裡面有多難受？」

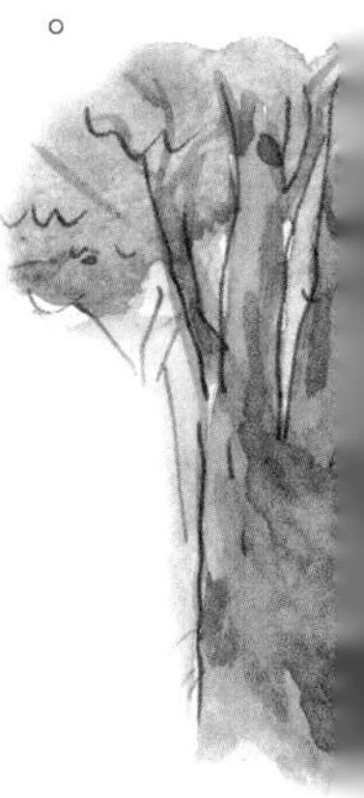

「那是你自找的。」我心腸很硬卻實事求是。

「你也喜歡一個人對不對？為了你喜歡的人你也可以遷就對不對？為什麼你就不能理解我呢？」魚丁說著，臉上的淚忽然就掉了下來。不過她迅速地擦掉了它，轉身跑開了。

我正要去追，曾燕在教室裡喊了起來：「老大，你來看看你這個副標題用紅色還是綠色比較好？」

算了，魚丁就是這樣的脾氣，來得快去得快，明天就沒事了。

可是我沒想到的是，板報還沒出完，隔壁班的一男生就抱著個籃球衝到我們教室裡來喊道：「快去看快去看，你們班史渝比武招親啦！！！」

啊？？？

我和曾燕丟下手裡的粉筆就往操場上跑，剛去我就被那壯觀的場面給嚇倒了，我的乖乖，魚丁正在和一群男生打架！

而且，魚丁好像是來真的，每個招式看上去都狠辣無比。男生

仗著人多勢眾才不至於敗得太慘，一個倒下了另一個又朝著她撲了過去，我拍拍額頭，估計本校百年以來也未上演過如此好戲，大家都在圍觀不說，還時不時地有新的男生參與進去和她過招，看上去就像是在拍電視劇。

「魚丁，別打了！」我用盡了全身的力氣，聲音還是被眾人此起彼落的尖叫和喝彩無情地淹沒了。

就在此時我看到了簡凡，他也站在操場的邊上，用一種略帶微笑的眼光看著魚丁發瘋。

「喂！」我衝到他身邊，「到底怎麼回事，你去讓她停下來啊。」

「沒關係的，你看她多厲害，根本不會受傷。」

正說著呢，一個男生的拳頭已經找到空隙毫不留情地揮到了魚丁的臉上。

這應該是魚丁第一次中招，圍觀的男生們發出變態的歡呼聲。

魚丁有些惱了，只見她退後一步，單腿一飛，一腳踢中那男生的眼睛，那男生當即發出一聲哀嚎，捂住眼睛砰然倒地。

「不好。」我身邊的簡凡說完，人已經衝了上去。

魚丁僵在那裡，和她打架的男生們已經四散跑開。

簡凡俯身抱起那男生的頭說：「怎麼樣，要緊不要緊？」

「啊啊啊，要死了我要死了……」男生一邊捂住眼睛，一邊發出恐怖的哀叫。

「快送醫院啊。」我拉住魚丁說，「快快快，我們把他抬起來送到醫院去。」

「讓他去死！」魚丁指著地上的男生說，「讓他去死，他死了，我去坐牢，你們一個一個都稱心了，還不行嗎？」

「不要胡說了！」簡凡大喝一聲，「蘇莞爾你快來幫我扶他起來，先看看他的傷勢再說。」

好不容易，我們才合力把那個男生捂住眼睛的手掰開，他的眼

睛一直緊閉著，只是眼睛外面有一圈淡紫色的傷痕，還沾著一些魚丁球鞋上的灰塵。

「要死了，要死了……」那男生還在哼哼。

「哥兒們你別裝了！」簡凡拍拍他說，「快起來吧。」

「要賠醫藥費！」男生睜開一隻眼看著我們。

「再賠你一腳！」魚丁竄上來，睜著血紅的眼睛作勢又要打人，男生嚇得一哆索，背起書包來就跑得老遠去了。

魚丁哈哈大笑。

「你鬧夠了？」我問她。

「怎麼？蘇小姐不滿意了？」魚丁把書包從地上拎起來，往肩頭上一甩說，「我又不是你那樣的乖乖淑女，你管得著我？」

「誰願意管你？」我說，「你看看你自己的樣子，流氓似的！」

「蘇莞爾！」魚丁把拳頭舉起來，「你別以為我真不會揍你！」

「唉唉，有話好說嘛，都是好朋友吵什麼吵呢！」簡凡用力隔開我們倆。

「英雄救美啊，信不信我連你們倆一起揍。」看來魚丁今天是打算毫不猶豫地發瘋到底了。

「魚丁你今天怎麼了？」簡凡也奇怪地看著她。

「我瘋了！」魚丁指著我，振振有詞地說，「我被她氣瘋了！」

我沒說話，我轉身走了，我怕我說出任何一句話來，都是對我們友情的傷害。而且我知道，這種傷痕一旦存在，要用好多好多的心血才可以修復。我好像真的沒有那個力氣。最起碼，近期沒有。

我回到教室一個人默默地在黑板上寫字，其實我根本不知道我在寫些什麼，就像我一直弄不清楚，到底是什麼原因，讓魚丁對我如此生氣一樣。

不知道過了多久，有人在敲教室的門。我扭頭看到簡凡，他已經進來，替我打開了教室裡的燈。

「這麼黑還在寫，也不注意眼睛。」他說。

燈光照著我寫得歪歪扭扭的字，我覺得丟臉，於是跳下來拿起濕抹布想擦掉它。

「我來吧。」簡凡說。

我沒有堅持，我覺得很累，我一句話也不想說。

「是迎新年的板報吧。要喜慶一些。」他擦乾淨黑板，向我伸出手說：

「我來替你寫吧，像你這樣寫下去，凌晨也完不了工。」說完，他就一把搶過了我手裡的稿子。我沒想到他可以寫得一手如此漂亮字，一筆一筆，漂漂亮亮有力地落在黑板上。

「魚丁呢？」我問他。

「你終於問了。」簡凡說，「我知道你們是很好很好的那種朋友。你不會真正生她的氣的，對不對？」

「她很喜歡你。」我說。

「呵。」簡凡說，「人與人之間的欣賞是很正常的。」

「因為你，她發我的火，發神經，發瘋。」

「呵呵。是嗎？」簡凡從椅子上跳下來，走到我面前說：「那我還為你哭過呢，這筆帳應該怎麼算？」

教室裡靜極了，只有日光燈發出沙沙的聲音。我有些害怕地看著簡凡，過了半天才說：「對不起，我該回家了。」

我背著書包逃一樣地往教室外走去，剛走到門口就聽到身後傳來簡凡的聲音，那聲音不大，卻是如此清晰地傳進我的耳朵，他說：「蘇莞爾，我從沒見過你這麼特別的女生。」

我驚訝地回頭，他看著我緩緩地吐出四個字：「我喜歡你。」

我，喜，歡，你。

我的耳朵轟轟地亂響起來。

第一次。第一次有男生面對面用如此深情的言語對我表白，戀愛對我而言一直是想像中縹渺美麗的空中樓閣，毫無實戰經驗的我被這帶著溫度的四個字深度擊中，一時竟挪不開我的步子。

最終，我轉身走掉。

簡凡沒有跟上來。

寒風乍起，落日在天邊做最後一絲掙扎。我在校門口看到魚丁，她背靠紅色的磚牆站著，面無表情地仰望天空。

我走過去，拉拉她說：「走吧，該回家了。」

她不動。

「好啦，算我不好好不好，」我放下架子來哄她，「有氣朝我出嘛，好端端地跟人家打什麼打呢。」

「你別得意，我不是因為你，是因為他，那些男生罵他ＳＢ，我怎麼能忍？」

「呵呵。」我笑，「我看你也整個一ＳＢ！」

「你是真這樣想的吧？」她說，「你說出心裡話了吧？」

我給她氣得一句話也說不出來。她又問我說：「他找你去了，是嗎？」

「是。」我說，「你真酸得夠水準。」

魚丁轉頭看著我，用一種很刻薄的語氣問道：「是不是女人越不在乎，男人就越著迷？」

「我不是男人怎麼知道！」

「我承認你比我更厲害。不過我真想問問你，友情和愛情，到底哪一個對你更重要呢？」

「友情。」我說。

「狗屁！」她罵。

「魚丁。」我說，「我可以容忍你九十九次，但不見得能容忍你一百次！」

「那你滾。」她睜大眼放開聲音對我說，「蘇莞爾你永遠滾出我的視線！」

在她尖銳顫抖得無法自控的聲音裡，我的心亂七八糟地絞痛起來。魚丁的臉在我的面前漸漸變得模糊，步步後退那一刻我開始深深地後悔，如果我不走近魚丁，如果我裝做沒有看見她，也許，我們就不一定非要弄到像這樣子的傷痕累累和無可救藥。

滿腔鬱悶地回到家裡，媽媽興高采烈地告訴我房子找到了，而且離我們學校不遠，以後上學甚至都不用坐車，走路一刻鐘就到了。

「三室一廳還加個大陽臺。我們真是好運氣。」媽媽說，「房主是大學教授，因為要出國所以急著賣房子，比市場價要低將近十萬塊，原來的裝修也合我口味，不要怎麼大動，要是快的話我們二

個月內就可以搬進去！」

「挺好啊。」聽老媽滔滔不絕地說完，我懶懶地回應道。

不知道是誰說過，霉運一走起來三天內絕不會停止。這話真是有哲理，第二天我一到教室，下意識地往教室後面的板報上看去，發現它竟然已經全部完工了，剛勁有力的字，舒服到位的排版，特別是卷首的新年寄語，寫得激情飛揚無懈可擊。我再看看曾燕，她正在座位上向我豎起大姆指，一定以麼是我的傑作呢。

這麼說，是簡凡？

昨天我走後，他留在教室裡替我幹完了所有的活！

我帶著一種說不出滋味的心情走到座位上，卻聽到林志用一貫的興災樂禍的語氣對我說：「恭喜，你的死黨一大早就被老班帶走了。」

「什麼事？」我一驚，剛才看魚丁的位子空著，還以麼她沒來呢。

「聽說她昨天比武招親，踢爆了人家的眼睛，那人不是別人，是我們學校初中部一個年級組組長的兒子呢。」

Oh my God!

就這樣忐忑不安地等著，一直到第一堂數學課上了一小半，魚丁才回到教室。偏偏數學老師還留堂，英語老師都站教室外面來了他還在那裡喋喋不休。

好不容易兩堂課連著上完，我終於可以到魚丁身邊和她講話。

「沒事吧？」我問她。

「能有什麼事？」她做出毫不在乎的樣子來說，「大不了退學！」

「啊？」我說，「你莫嚇我，哪有這麼嚴重。」

「你讓我清靜一會兒？」魚丁提高聲音說，「我現在什麼話也不想講！」

沒想到第三堂課已經開始，魚丁的座位又空了！曾燕從後面丟紙條上來，條子上寫著：「魚丫頭負氣跑掉了，你快找她去啊。」

我悄悄地掏出手機來給魚丁發短消息：「你去哪裡了，我很擔心你。有什麼事情我們商量著辦，你給我一點消息好嗎？」

沒有消息。

一直到放學，手機依然關著，我打電話到她家，沒人接。

我獨自在大街上漫無目的地尋找，所有我和魚丁常去的地方我都去過了，沒有蹤影。

第二天，依然沒有關於魚丁的任何消息。

第三天，魚丁的爸爸媽媽都到了學校，老班在早讀課上說：「大家中午都別做其他的事情了，分頭出去找找。找不到晚上放學再繼續找，有消息的趕快打我手機。」

老班很小氣，她好像從來都不用手機，但這一次，她把她的手機號碼寫得老大的放到黑板上，並提醒我們都把它抄下來不要忘記了。

林志低聲咕噥說：「真是，她走丟了有什麼好怕的。」

我白他一眼，他不敢再說了，裝模作樣地抄起筆記來。

其實我也不擔心魚丁的安全，就她的身手，一般人對付不了她，我只擔心她身上沒錢，她一個月的零用錢並不多，還常常請我的客。而且，我記得她那天把身上所有的錢都掏出了給了豬豆的媽媽。她是那樣善良和勇敢的一個好朋友，我不應該這樣對她，悔恨在我的心裡翻江倒海，我根本就沒有心思上課，每十分鐘給她發一個短消息，全是同樣的一句話：要知道，我一直是愛你的。

我相信她總會聽見。

那天晚上和曾燕他們一直找到八九點鐘，火車站，網咖，賓

館，旅社，該去的地方都去過了，還是沒有魚丁的影子。我拖著疲憊的身子回到家裡，推開門，竟發現葉天宇坐在我家的沙發上，正在跟爸爸聊天。

對了，今天是周末的，我忘記媽媽說過了要請他到家裡來吃飯了。

我勉強地笑了一下。

爸爸問我說：「怎麼樣，有消息嗎？」

我搖搖頭。媽媽對我說：「你回來了，飯菜都是熱的，去吃點。」

「過會兒吧，現在吃不下。」

「你是不是要成仙？」老媽橫眉對我。

我不想在葉天宇面前和她發生爭執。於是拎著書包默默地回到我的房間。

沒過一會兒有人在我開著的門上敲了敲。我回頭，看到是葉天宇。

「可以進來嗎？」他問我。

「嗯。」

他進來，低聲對我說：「你去吃點東西，我帶你找魚丁去。」

「你知道她在哪裡？」我激動起來。

「不知道。」他說，「不是說去找嗎？」

「唉！」我洩氣說，「我們班全班出動，該找的地方都找過了，影子都沒有。」

葉天宇用諷刺的語氣說：「你們班全都是乖孩子，哪裡知道該到哪些地方去找人！」

「你知道？」我問。

「也許吧。」他聳聳肩。

「那好。」我跳起來說，「我去吃點東西你帶我去！」

我三下兩下地扒完了一大碗泡飯。就在這時，房間裡突然傳出

手機簡訊的提示音。我蹦起來，差不多是從餐桌旁「飛」到了我的房間，取出手機一看，人差點沒一下子坐到地上去，是魚丁，是魚丁！她說：「莞爾，我快餓暈過去了，手機卡上還有最後二塊錢，我在太平南路遊樂場的門口，你給我送點吃的來好嗎？」

「好好。你等我。你哪裡也別去，就在那裡等我。」我手忙腳亂地給她回訊，跑到外面語無倫次地對我老爸攤開手說：「錢，給錢，魚丁在遊樂場，給錢我去接她。」

老媽這下倒是沒猶豫，掏出五百大洋說：「遊樂場那邊比較偏一點，要不讓你爸爸陪你去，我來給魚丁媽媽打個電話，你們負責趕快把她送回家。」

「我陪莞爾去吧。」一直不說話的葉天宇說，「那裡

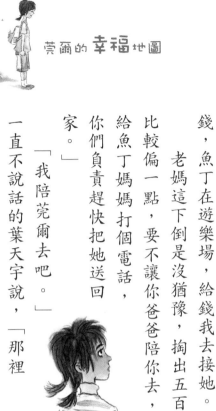

離我們學校挺近，我挺熟的。」

「好。」媽媽說，「路上小心點。」

魚丁說得沒錯，麥當勞的隊老是排得老長，我和葉天宇趕到遊樂場的時候，已是半個多小時過去了。遊樂場門口空空蕩蕩的一個人也沒有，我拉著葉天宇著急地喊起來：「她不在這裡，我讓她等在這裡的，她居然不在這裡！」

「別急！」葉天宇說，「這裡大著呢，先找找再說。」

「魚丁，魚丁！」我扯開嗓門大喊起來。

沒一會兒，只見遊樂場那邊的圍牆邊慢慢晃出來一個黑影。我一看就知道是魚丁，我喊著她的名字飛奔到她的面前，透過微弱的路燈，我看到一張疲憊憔悴卻熟悉到極致的臉，正衝我有氣無力地笑著。

我打她一拳，抱住她，忽然就哭了。

她也哭了，緊緊地抱住我不放。

葉天宇站得遠遠的，看著我們倆出醜。

「莞爾。」魚丁啜泣著說，「莞爾，我知道你一直是關心我的，我知道的……」

「好啦好啦。」我也啜泣著說，「你以後不要這麼任性了，要嚇死人的咯。趕快吃點東西我們送你回家。」

「你怎麼把他帶來了？」魚丁往我身後看看，看到葉天宇，不好意思地說，「讓他看到我這熊樣，我還要不要面子了？」

「他看到怕什麼！」我打趣說，「他又不是簡凡。」

正說著呢，一輛計程車風馳電掣般地從前邊殺了過來，停在路邊。車上跳下來一個人，也拎著一袋麥當勞，那人不是別人，正是簡凡！

「我……我……見你半天不來，就用最後一塊錢給他發了個簡訊。」魚丁埋著頭不好意思地說。

「你的嬌算是撒對啦，看來你對他還是滿重要的哦。」看著正

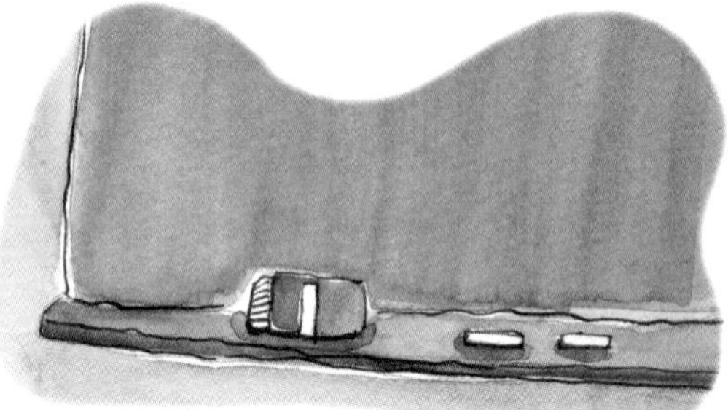

在慢慢走近的簡凡，我低聲取笑魚丁。

「死莞爾你亂講！」魚丁跳起來打我的頭。我逃得遠遠地，一直跑到葉天宇的身旁。魚丁也跟著跑過來說：「蘇莞爾，你別以為有葉天宇護著你我就不會扁你！」

正走過來的簡凡不知道是不是聽到魚丁喊出葉天宇的名字，臉上的笑容一下子就變得凝固起來。

「你來了。」我招呼他說，「早知道你要來我就不用來了。」

「我打過電話去你家，你媽說你出去了。」簡凡把手裡的麥當勞遞給魚丁說，「早知道你也來了我就不用來了。」

「聽你們這麼說，好像都不願意來似的！」魚丁把麥當勞氣呼呼地往地上一扔說，「我可沒有勉強誰！」

「我看她這樣子離餓死還遠遠呢。」這回說話的是葉天宇，語氣

冷冷的。

我撞撞他的胳膊示意他別出聲。

「沒事我走了。」他打個大大的哈欠說，「我要回去睡覺了。」

「天宇！」我追上他說，「你等一下，你不是說要送我回去的嗎？」

「用不著吧。」他看看簡凡說，「有他們兩個，還用得著我送？」

魚丁逮住機會開始報復：「呀，葉天宇你不會連我的醋也吃吧？」

「嘿嘿。」葉天宇壞笑了一聲，轉身走掉。他走得飛快，身影很快就被夜色淹沒。

過了一會兒，我聽見我自己用平靜的聲音對著一直用擔心的眼神看著我的魚丁和簡凡說道：「走吧，我們坐計程車回家，我累了。」

8

我脆弱的純白愛情

魚丁回家就被她爸爸打了。

用皮帶抽的，好多天過去了，手臂上的青痕還清晰可見。魚丁向我展示完畢，把袖子放下來，氣呼呼地說：「沒辦法，是我爸，要是別的人，我非讓他好看不可！」

「還打啊？」我說，「還不夠衰？」

她白我一眼，糾正我說：「讀音錯誤，應該是去聲，sh_u_ai，帥！」

她發這個音的時候，嘴唇高高的努起，像是面部神經錯亂。我咯咯亂笑，她就拍我的頭說：「就算我帥得如此不可開交，你也不能這樣子笑個不停啊。」

我欣慰，真好，不愉快的事這麼快就成為過去。

在老班的周旋下魚丁不用當眾做檢查了，不過關於她的處分報告就貼在教學樓的布告欄上，每天上學放學，我們都要經過那裡。我故意挽緊她的手說一些無關緊要的話拉著她想走得快一些，她卻突然停下來，雙手扠腰，目光炯炯地盯著布告欄得意萬分地說：「我說莞爾，無心插柳柳成蔭，我史魚丁也居然有成名人這一天呢？」

我做暈倒狀，她誇張地來扶我，嘻嘻哈哈間，我們看見簡凡。

他從操場那邊跑過來，一直一直跑到我們面前，停住了。他手裡捏著一個白色的信封，鼻尖上冒著透明的汗珠，喘著氣激動地跟我們說：「我收到複賽通知了，元旦過了就到上海參加複賽！」

我丈二和尚摸不著頭腦。還是魚丁了解他：「你是說作文比賽吧，真的啊，你好棒哦，信給我看看！」

簡凡把信遞給魚丁。又對我說，「其實你也應該去參加的，你

肯定可以得獎。」

「呵呵，恭喜你啊。」我由衷地說，「這證明你的實力啊。」

「是啊是啊，要去大上海哦。」魚丁把信紙甩得嘩嘩響說，「請客，簡凡！」

「沒問題！」簡凡咧嘴笑，心裡的快樂不言而喻。

簡凡在小賣部裡買了三罐可樂，我們三人坐到教學樓前面的石階上喝起來。

簡凡說：「我到上海給你們帶禮物啊，想要什麼？」

「鴨脖子。」魚丁舔著嘴唇說。她自從吃過一次南京路上的鴨脖子後就念念不忘，有事沒事就常提。特別是肚子餓的時候看著她

一臉神往的樣子真恨不得抽她。

「你呢？」簡凡問我。

「我？」我笑笑說，「帶你成功的好消息吧。」

魚丁一口可樂噴得老遠，嘔吐的樣子像是真的。

冬天的黃昏應該是我最喜歡的黃昏，如果沒有風，枯樹便有一種靜止的美。偶爾有鳥飛過，在天空畫出精緻的弧線，引領你的視線投放遠方暗紅的深邃。魚丁咬著吸管，絲絲的抽著冷氣說：「簡凡你要得了大獎是不是就要出名了？」

「哪有那麼容易？」簡凡說，「我只是重在參與。」

是啊，簡凡應該算是最標準的那種乖孩子，長相不錯，成績好，品德高尚，有自己認真追求的理想。我又不由自主地想到葉天宇，自從那天別離後，我沒有見過他。有一次媽媽差我去給他送東西我也藉口作業多回掉了。不知道為什麼，我好像有點怕見他，也不知道他可好，在他的世界裡，可否也會有和我差不多的思念或牽掛？

回到家裡，媽媽爸爸正在收拾小閣樓上的東西，媽媽拍著手掌上的灰吩咐爸爸：「該扔的東西扔掉，該送的東西送人，要當機立斷絕不手軟！」

我笑她亂用成語她也不生氣，而是高高興興地說：「新房子的轉讓合約今天簽了，錢也付掉了，我們快快整修，過年以前，就可以搬進新家了啊。」

「不搬也不行啦！」老爸把一堆雜物往一個大大的垃圾袋裡塞，「拆遷隊一來，這裡很快就會變成一片廢墟了。」

「等等！」我跑過去，從裡面抽出一本看上去破破的書說，「這個我還要的！」

那是上次被葉天宇扔掉後我又費勁撿回來的那本迷宮書。趁著爸媽不注意，趕緊放到書包裡。

「我們這兩天都要忙新房那邊的裝修，明天周末，你到天宇家

給他送點錢，快過節了，要什麼東西讓他自己買。跑一趟也不要多少時間，不要又跟我說作業多！」媽媽吩咐我。

「我怕他不會要。」我說，「他那臭驢一樣的脾氣你們又不是不知道。」

「要不要送了再說嘛。」老媽說。

那夜我夢見一棵樹，很大很大的一棵樹，枝幹茂密盤根錯節，手摸上去，彷彿可以感覺到有水在乾燥的樹幹裡嘩嘩流動。那樹真的大得不可思議，我走得雙腿發軟才可以繞著它一個來回。夢裡的太陽是奇妙的微藍。樹葉卻是緋紅的，霸道地遮住了大半個天空。

這夢讓我心神不寧，醒來後我到網上找解夢的網站，網上的貼子說：夢到樹，就是心裡有一個人永遠也走不掉。

我嚇得啪地把電腦關掉了。

周末，我胡亂吃了早飯，我揣著老媽給我的四百塊錢出門，並告訴她我中午不回家吃飯了，約了魚丁去逛書店。

可我一到葉天宇的家就覺得不對勁，門半開著，我推門進去，裡面凌亂不堪。從一片混亂裡抬起頭來看我的是他的女房東，扯著嗓門對我說：「他不在了，搬了搬了！」

我驚訝：「不是交了房租了嗎？」

「是他自己要搬的！」女房東說，「又不是我趕他。」

「為什麼？」

「你問他去呀。」

「他在哪裡？」

「我哪裡知道！」女房東把我往外趕說，「好了，我要鎖門

了！」

我轉身就往豬豆家裡跑去，在他家門口我看到了豬豆，他也看到了我，轉身就跑。

「豬豆！」我喊著他的名字就追了上去，他一直跑一直跑，我一直追一直追，到了前一個巷口，他忽然就不見了蹤影。我累得直喘氣，趴到牆上，眼淚大滴大滴地落下來，沒有聲音。

不知道過了多久，有人拍我的肩，我回過頭，竟是豬豆！

「哭什麼？」他問我。

我擦掉眼淚問他說：「你跑什麼？」

「你別問我他在哪裡。」豬豆說，「我要說了他會揍我。」

「你要不說我會揍你。」我說。

「你？」豬豆用手指著我，笑著說，「你揍吧，只要你樂意。」

「我不動手，請別人動手。」我說完就撥魚丁的電話，她在那邊暴跳如雷：

「蘇莞爾，我恨你一萬年，你幹嘛不接我電話？」

「我被豬豆欺負。」我說，「你快來替我解決他！」

「啊？」魚丁說，「反了反了反了，怎麼個欺負法？」

「他拿鐵棍子打我的頭。」我胡說八道。

「你怎麼胡說八道啊。」豬豆一臉無辜。

「等著我，魚丁牌一一〇火速趕到！」魚丁說完，電話掛掉。

我拿著手機對著豬豆說：「招不招隨便你，等那個女魔頭來了有你好受的。」

「你很在乎他哦。」豬豆壞笑著說，「你居然為他哭哦。」

我看著他，不說話。

「好吧。」豬豆投降，「他退學了，跟了一個老大，包吃包住月薪五千塊，到百樂門當保安去了。」

「謝謝你。」我說。

有他的消息，總算是鬆口氣。

豬豆收起嘻皮笑臉說：「其實我勸過他，有這麼好的乾爹乾媽乾妹妹用不著走這條路，可是他不肯聽，他有他的驕傲，不想欠你們太多。」

「他還說過什麼？」我問。

「他說……他和你們是兩個世界的，永遠也走不到一塊兒。」

「你陪我去百樂門找他。」我說。

「我不敢。」豬豆說，「他真的會宰了我的。」

「你怕嗎？」我問。

「還好啦。」豬豆朝我一擺頭，無可奈何地說，「走吧。」

「百樂門」是我們這裡最大的娛樂城，三教九流什麼樣的人都有。豬豆進去，但很快就出來了。對我說：「他今天休息。」

「那會在哪裡？」

「宿舍吧。」豬豆說，「離這裡不遠，我們去吧。」

那是一幢舊式的灰色的二層小樓，每一層大約有四間屋的樣

子，葉天宇的宿舍在二樓的最後一間。我示意豬豆敲門，他果然在裡面，粗聲粗氣地問：

「誰？」

「我。」豬豆說。

過一會兒門開了。豬豆閃開，把我直往前面推。葉天宇一看到我臉上的表情就變得很奇怪，他並不理我，而是把我身後的豬豆往前面一拎，惡狠狠地說：

「你給我過來！」

「你別怪他。」我把豬豆往身後一攔說，「是我逼他的。」

「是嗎？」葉天宇說，「你這麼有能耐？」

「這誰呀？」我忽然看到葉天宇的房裡走出來一個女生，應該是上次在五中的校門口見到的那個，她的頭髮是金黃色的，冬天了，卻只穿著一件薄薄的低領的毛衣。用挑釁的眼光直盯著我看。

葉天宇一把把她摟到臂彎裡，哈哈笑著說：「來來來，見過我妹子。」

「你到底有幾個好妹妹？」女生打他一下，嗲嗲地說，「剛才不是還說只有我一個？」

「切！我說的話你也信！」葉天宇不以為然。

「吳妖妖你別搗亂！」豬豆伸出手去，看樣子是想把她從葉天宇的懷裡拉出來，可是葉天宇卻將她摟得更緊了一些。

吳妖妖笑著，墊起腳尖來，當著我和豬豆的面，忽然在葉天宇的臉上親了一下。

我轉身就走。

吳妖妖尖尖的聲音從身後傳來：「你瞧，她醋得吃不消了呀！」

「蘇莞爾！」豬豆追上來拉住我，「蘇莞爾你別走啊，你不是還有事情要跟葉天宇說的嗎？」

葉天宇給我的是一個背影，吳妖妖被他抵在門邊，臉上是無比嬌媚的笑容。

然後，他用手把她的頭粗暴地扭了過去，然後，如果我沒有看錯，他們應該開始在……KISS。

豬豆連忙上前一步擋住我的視線，語無倫次地說：「他這個人……是這樣的啦，你不要放在心上，其實他也不是那種人的，其實你應該懂他的……你知道……」

再次轉身的時候，我的心像一面脆弱的鏡子，劈里啪啦地就全碎掉了。

我用最快的速度下樓，離開，不再回頭。

葉天宇說的一點兒沒錯，我們是兩個世界的人。我用盡了全身力氣，也走不近他不屑的無知的輕狂，而他，也永遠不會懂得我純白的堅持的憂傷。

9 我要我們在一起

很多天過去了，我想，我和葉天宇之間，只是一本傷感的小說。章節翻過了，儘管有些遺憾，卻沒有必要流連。

我把所有的精力都放到了學習上，那個時候我們學校發生了一件挺大的事，全校都傳言高材生簡凡自殺未遂！這個消息還上了我們的當地的報紙，只是沒有指名道姓。我和魚丁得知這個消息的時候是課間，這可著實把我們嚇了很大的一跳，面面相覷半天說不出一句話來。簡凡去上海參加作文比賽回來我們還見過他，知道他自我感覺相當不錯，只等著公布獲獎名單。學校也覺得很驕傲，聽說還是教導主任親自陪他去的上海呢。

一向愛管閒事的林志不知道從哪裡打聽來的消息，在班上宣傳

說：「聽說那小子是作文比賽的紀念獎都沒拿到。一氣之下就吃了安眠藥！」

「林志你不要胡說八道！」魚丁瞪著血紅的眼睛說，「你再胡說我揍你揍到你不認得東南西北！」

「我本來就不認得東南西北。」林志低聲說，說完了再不敢吱聲，誰都看得出來，魚丁是真的來火了。

我們抽出時間去醫院看簡凡，可是醫院不讓探望，說是過了探望時間。站在醫院外面冰冷的寒風裡，魚丁忽然就咬著嘴唇哭出了聲。

「沒事的。」我安慰她說，「還好，是未遂。」

「他怎麼可以這麼不勇敢？」魚丁朝著我喊說，「一次作文比賽而已，有那麼嚴重嗎？一個形象怎麼可以就這樣說塌就塌？」

我了解魚丁，太了解了。一個形象在心裡久了，一旦塌掉，心會像是破了一個洞，怎麼也補不起來。

我們就在這忽東忽西的心情裡迎來了期末考試。

還好，神靈保佑，我居然考了個第三名，從來沒有考過的好成績。

北校區正在擴建，初中部的孩子都改從我們這邊進出學校，走在穿梭的人群裡魚丁對我說：「放假後這裡就荒蕪了，學校沒有學生，就像一座失守的空城。」

「文謅謅的。」我笑話她。

「別以為我真不會寫小說，趕明兒我也寫一個，超過你們這些大文豪。」魚丁不服氣地說。

我們又看到簡凡，他的樣子很憔悴，獨自坐在石階上，我們三人一起喝過可樂的地方，孤孤單單地坐著，臉上沒有表情。

魚丁拉拉我，我說：「走啊，過去啊。」

我們到他身邊坐下。他看了看我們，沒說話。

魚丁說：「嗨！」

我也說：「嗨。」

他終於說：「其實我只是急性腸胃炎，大家都在誤傳。我要告晚報，已經請好律師，這些不負責任的媒體要付出代價！」

「簡凡。」我說，「這些都不重要。」

「那什麼重要？」他看著我的眼睛。

「最重要的是……你要快樂。」我說。

很多天前，他曾經跟我說過這樣的話，他說：「蘇莞爾，你要快樂。」我現在把這話還給他，看到他的眼睛裡閃過一絲亮光，雖然短暫，卻是真實的閃亮。

所有的不愉快，相信都會成為過去。

我決定要把這些都寫進我的小說裡，不管有沒有人看有沒有人喜歡，我下定決心要用我的字證明我們多愁善感多次流淚卻依然美好的青春。

我回到家裡，媽媽愁眉苦臉地坐在沙發上。我把還算不錯的成

績報告單遞給她，她掃了一眼依然愁眉苦臉。我就知道多半是因為葉天宇的事情而傷心了。

我往我小屋走去的時候她忽然喊住我說：「莞爾，你說天宇他到底是怎麼想的？」

「不知道。」我回頭。

「你去幫我勸勸他。」媽媽說，「我已經筋疲力竭，他仍不肯搬來跟我們住，更不肯回學校去讀書。」

「媽媽。」我坐回她身邊，「你有沒有想過，這也許是他應該的自由？」

「什麼話?!」媽媽說，「算了，我和你爸爸會繼續勸下去的，不能讓你張阿姨在天之靈也不得安息啊，她就這麼一個寶貝兒子，怎麼可以一輩子去做什麼保安！這不是開玩笑是什麼！」

我知道媽媽不會放棄，她的脾氣有時候比葉天宇還要擰。不過從每天媽媽的臉色看來，我就知道她進展不大。我們的新房子卻是

全裝修好了，春節快來的時候我們一家三口去看房子，我很喜歡朝南的那個小房間，有個小小的露臺，可以看到遠方的天和小區的那片綠地。可是媽媽卻對我說：「這個房間是天宇的，你住朝北的那間，我替你刷成了粉色，還給你買了抱抱熊呢，你看看喜歡不？」

我走過去，發現那是個更小的房間，沒有陽光，俗氣的粉色牆壁上靠著一隻幼稚的呆頭呆腦的笨熊。我的臉色迅速地暗了下來，爸爸小心地問我：「怎麼樣？」

「我要那一間，」我任性地說，「這間不喜歡。」

「哪間？」媽媽問我。

我把手臂抬起來，手僵硬地指過去。

「那是天宇的……」

「天宇，天宇！」沒等媽媽說完我就大聲地打斷她說，「你一片好心人家領不領呢，八抬大轎也抬不過來，你這麼自做多情做什麼呢！」

媽媽張大了嘴巴看著我。

「莞爾！」爸爸說，「你怎麼可以這樣講話？」

「她早忘了她的命是怎麼撿回來的了，這個忘恩負義的傢伙！」

媽媽厲聲罵我。

我扭身跑了出去。

一條命罷了，大不了把一條命還給他罷了。市民廣場邊的休息椅上，我把頭埋到魚丁的懷裡，哭得上氣不接下氣地說。

「嘿嘿。」

魚丁傻

笑。笑完後忽然指著前面說，「你看，豬豆！」

真的是豬豆，戴著卡通的帽子，正在向路人兜售過年的一些喜慶的貼畫。我還沒反應過來魚丁已經站起身來大聲叫喊：「這邊，這邊，這邊要買！」

豬豆聞聲看見我們，驚喜地跑過來：「你們怎麼在這裡？」

「這裡又不是你一人的地盤。」魚丁撥拉著他胸前袋子裡紅彤彤的喜慶的剪紙說，「勤工儉學啊，向你學習啊。」

豬豆不好意思地撓撓後腦勺：「真巧碰到你們，蘇莞爾我正找你呢。」

「幹嘛？」我的眼光閃爍不定，真怕被他看出我剛剛哭過。

「你也去勸勸天宇啊。他那事兒幹起來太危險，前兩天還差點被一個喝醉酒的人打破頭，我看趁早別幹了。」

「哦。」我聽見自己用冷漠的聲音說，「那關我什麼事呢。」

「你勸他他會聽的。」豬豆說，「他不聽你的聽誰的呀。你別看他跟吳妖妖好，他其實一點兒也不喜歡她。」

「好啦，豬豆。」我說，「那些都是他的自由。」

「其實他真的是很在乎你們，只是他不願意成為你們的拖累才會做出這種選擇的。」豬豆說，「你和他的一張合影，他都一直留著，很寶貝。」

「合影？」我不記得我和葉天宇有過合影。

「你紮個小辮笑得好甜的，他拿把槍好凶的站在你後面。」豬豆說，「是不是呢你好好想一想？」

我沈默。

「你不應該放棄他。」豬豆說。

我不知道該說什麼好，倒是魚丁拍拍豬豆的肩說：「沒事的，蘇莞爾刀子嘴豆腐心，你放心，她不會不管的啦。」

我沈默。這麼多天以來，我之所以鐵石心腸，是不想再給任何人傷害我的機會。可是，他是否真的想過要傷害我呢，還是一切都本是無心？

新年很快就到了。

除夕。

我們已經搬家。爸爸把我的床和抱抱熊都搬到了葉天宇的房間，我卻沒有去睡，而是按媽媽的指定睡在了朝北的小房間裡。外公外婆還有叔叔他們都來了，一大家子人在我家過年，媽媽做了很多的菜，可是她鬱鬱寡歡，因為她最盼望的那個人沒有來，只是來了電話拜年，說是年三十晚上要值班。

看似熱鬧地吃完年夜飯，收下一大堆壓歲錢。我幫著大夥兒把碗筷遞到廚房裡，卻發現媽媽正對著牆偷偷地抹眼淚。我放下碗，終於下定決心去做我一直想做卻沒有勇氣去做的一件事——讓葉天宇回家！

不管他願意還是不願意，我都非把他帶回家過年不可！

春節晚會已經開場，趁著大人們不注意，我悄悄地溜出門。街上沒有計程車，我就一路小跑往百樂門跑去，渾身冒微汗的時候，我終於到了。

我往裡走，一直走到燈火輝煌的大廳裡，有好幾個穿著保安服裝的人從我面前經過，但都不是葉天宇。我站在那裡有些不知所措，不知道該拉住誰來問一下。就在這時有幾個男人從我身邊經過，像是喝多了，一齊衝著我直吹口哨，我嚇得連忙往牆邊退，其中的一個卻還是跟著過來，口齒不清地問我說：

「小妹妹，等誰呢，還不回家過年？」

我繼續退，卻被牆擋住，沒了後路。

早知道，就應該讓魚丁陪我來！

我後悔不已的時候突然聽到一個熟悉的聲音：「你怎麼在這裡？」

是葉天宇！

他穿著保安服的樣子真滑稽。認出他來以後我放心多了，趕緊繞過眼前的男人，往他身邊跑了過去。

「這個妹妹我們要了！」男人忽然從身後伸出手來拖住我說，「早聽說百樂門有中學生坐檯，原來是真的！」

我嚇得失聲尖叫。

「放開他。」葉天宇冷冷地說。

「跟誰說話呢？」那男人不僅不放，反而把我拽得更緊了。

「我讓你放開她！」葉天宇話剛說完已經重拳出擊，一揮手就直接打到了那人的鼻子上。那人痛叫一聲放開我，鮮血綻放，有好幾滴還滴到了我的衣服上，我嚇懵了，喊也不敢喊動也不敢動，好在葉天宇一把把我抓到了他身旁。

幾個男人將我和葉天宇團團地圍住了。

「哥兒們別惹事。」葉天宇甩甩手說，「年三十的，我也不想誰掛彩。」

「敢打我老大，別以為你是百樂門的人我就不敢惹。」面對著我的人掏出了一把明晃晃的尖刀。

「在我地盤上動粗？」葉天宇笑著說，「小心我送你們進局子！」

我回頭，看到好幾個保安正在朝著這邊趕過來。

「走！」那個被打的男人捂住鼻子下令。

拿著刀那小子還不願意，依舊虎視眈眈地看著我們。被別人踢了一下屁股，終於罵罵咧咧地走了。

「沒事吧？」另一個保安問葉天宇說。

「沒事。」葉天宇說，「搞定了。」

等他們走開了，葉天宇看著我譏笑著說：「瞧，被人家當什麼了？這些地方是你隨便來的嗎？」

「你不是在這裡上班嗎？」我說，「既然不是什麼好地方你為什麼要待在這裡？」

他做個誇張的扒飯的動作說：「我得吃飯，小姐。」

「你這麼驕傲做什麼？」我問他，「你知不知道我媽媽躲在廚房裡偷偷地哭，你有沒有考慮過別人的感受？」

「你是來罵我的？」葉天宇說，「我現在在上班，可沒空聽你罵。」

「那我等你下班。」我說，「你下班了我再罵。」

「莞爾。」葉天宇嘆息說，「你能不能不要這麼任性？」

「你呢？」我說，「你能不能也不要這麼任性？」

「好吧，你到底要做什麼？」

「跟我回家，過年。」我說。

「小姐！」他氣結，「我在上班！」

「你以後永遠都不許再上班，更不許在這裡上班！」我提高嗓門。

「我的老天！」葉天宇說，「你再不走我真要丟掉工作的。」

「那我就更不會走了，我就要讓你丟掉這份工作。」我執拗地說。

葉天宇無可奈何地走上前來，伸長手臂圈住我說：「你先回家。聽話。我答應你下了班就到你家還不行？」

「你少騙我。」我推開他。

他舉手發誓。

我仍不肯走。

他終於說：「說算是上最後一天班，也得讓我上完，不然這個月工資就泡湯了。」

「那幾點？」我讓步。

「我今天算是早班，晚上六點到十一點。趕到你家還可以一起迎新年嘛。」

他說，「你快回去，別讓你爸爸媽媽擔心。」

他一直送我出來，把我送上了計程車。司機說過年不跳表，市區內統一收一百塊。

「一百塊一百塊你他媽別囉唆，」葉天宇很凶地說，「把她安全送到家就行了。」

他還要替我掏錢，我沒有拒絕。車子快發動的時候我從懷裡掏出一本書來遞給他說：「新年禮物！」

他接過去，發現竟是那本被他丟掉的迷宮地圖，吃驚地問我說：「你怎麼又撿回來了？」

我微笑：「等你回家過年，別讓我們失望哦。」

車子開走了，我發現他好像一直握著書站在那裡，目送我離開。手機裡傳來短訊的滴滴聲，是魚丁，是簡凡，甚至還有林志，老班……新年的祝福層出不窮，我微笑著一個一個地回過去，多日陰暗的心情終於變得明媚起來，因為我有足夠的把握，我已經贏了，葉天宇會回家，一定會回到我和爸爸媽媽的身邊。

我們全家會在一起，過甜甜蜜蜜的幸福生活。

可是，十一點過了，十二點也過了，我沒有等到葉天宇。

他沒有來。

他騙我！

這個混帳，他居然又騙了我！

我滿心憤怒和委屈的時候電話響了，是豬豆打來的，他在電話裡哭著喊著：

「快來醫院，葉天宇在百樂門外面被人捅了十幾刀，性命垂危！」

媽媽當即就昏了過去。

我也差點昏了，知道是誰幹的，我想我知道。

在醫院裡，我對警察說，無論如何，我會配合你們把凶手找出來。

無論如何。

魚丁抱著我，她說：「沒事，莞爾，不會有事的，如果警察找不到那些兇手，我替你報仇，非結果他們不可！」

「都怪我。」我說，「如果不是我去他那裡，應該不會出事。」

「要輸血！」護士從急救室裡奔出來說，病人家屬誰是A型？

「我我我！」我從魚丁懷裡奮不顧身地跳起來，連聲喊道「抽我的，抽我的，抽我的！」

「我是A型。」身邊的爸爸站起身來說，「莞爾你別急，爸爸去！」說完，跟著護士一路小跑跑開了。

這真是史上最悲慘的一個新年，葉天宇在急救室，媽媽在病房，魚丁一直抱著我，一直一直跟我說：「要勇敢，不會有事……」不知道是她的聲音在發抖，還是我在不停地發抖。

彷彿過了一個世紀那麼久，急救室的門終於開了，醫生用公事公辦的口氣說：「病人脫離危險了，多虧他胸口放著一本書，擋住了最致命的一刀，不然必死無疑。」

魚丁鬆開我振臂歡呼。

一直蹲在牆邊的豬豆也興奮地站了起來。

「先送病房。」醫生對著爸爸說：「一小時候可以探視。不過時間不可以太長。」

「謝謝，謝謝！」爸爸一迭聲地說著謝謝，又轉身對我說，「真是上天有眼啊，沒想到竟是一本書救了天宇，快，快去把這個

好消息告訴你媽媽！」

謝天謝地，我想只有我知道，那是我給他的那本迷宮書。

我，豬豆，魚丁，我們三人緊緊擁抱。

10 尾聲

春天的早晨，陽光明媚。

葉天宇的房間收拾得乾淨漂亮。

門鈴輕快地響起來，應該是去醫院接他的爸爸回來了。

「去開門啊。」媽媽看著發愣的我說。

我奔出去，拉開門就看見站在爸爸身後的他，剪了頭髮，穿著很乾淨的衣服，還有乾淨明朗的笑容和眉間一如既往的桀驁不馴。

我彎腰，伸手，調皮地說：「歡迎光臨。」

沒等他們進來，電話響了，媽媽接起來高喊我的名字，原來是魚丁，在那邊酸溜溜地說：「沒開學就跟校報交稿啊，夠積極的哦。」

「呵。」我說，「寫完了就交嘛，欠了好久啦。」

「題目真夠酸，什麼什麼《我要我們在一起》，嘖嘖嘖……」

「怎麼，有意見？」

「是啊。」魚丁說，「我和簡凡統一的意見是——這篇習作可以稱得上是蘇莞爾同學的代表作哦。」

「你別拍我馬屁！」

「嘿嘿。」魚丁說，「我還要告訴你，簡凡不打算告那些記者了，他還說應該像你文章中所說的那樣：以無限的寬容和堅持成全自己的美好哦。」

「嗯哪。」我說。

「還有，」魚丁忽然也變得婆媽和羞澀了，「還有，我想我心裡的那個坎也過去了，真的哦莞爾，我不騙你的。」

「嗯那，嗯那。」

放了電話，我看到葉天宇拎著行李站在他房間前，陽光將他的頭髮照成金黃，一如夢中常常出現的那個影像。不知道他有沒有看到我貼到他床頭的那張賀卡，那是我自己繪的卡，卡上有六個大字：歡迎老哥回家。

是的。

歡迎老哥回家，我要我們在一起。

通往幸福的那張地圖，我想我已經真正地找到。

作者簡介

饒雪漫，生於七十年代，被諸多媒體稱為新一代青春文學的掌門人。出版作品三十多部。她是一個集創作、創意、推廣等多項才能的作家。

她的作品語言風格多變，被廣大的男生女生親切地稱為「文字女巫」，作品多次登上全國各類暢銷書排行榜；曾獲新時期兒童文學獎，臺灣九歌少兒文學評審獎，首屆中青年小說作家擂臺賽唯一金獎。二００五年，她創辦個人雜誌《雪漫》，展示不凡的創作實力和在讀者中的非凡吸引力，掀起組合之後的新一輪高潮。

繪者簡介

SARAH

自然風工作室成員之一。

與各出版、廣告、服裝公司配合，從事插畫創作與美術設計工作。

喜歡用畫筆描繪生活中天馬行空的想像。最喜愛的插畫家，芭芭拉庫妮、桑貝等。

九歌少兒書房 (147)

莞爾的幸福地圖

定　價：220元
第37集　全套四冊880元

作　　者：饒　雪　漫
繪 圖 者：Sarah
美術編輯：廖　麗　洳
發 行 人：蔡　文　甫
發 行 所：九歌出版社有限公司
臺北市八德路3段12巷57弄40號
電話／02-25776564・傳真／02-25789205
郵政劃撥／0112295-1
登記證／行政院新聞局局版臺業字第1738號
九歌文學網：www.chiuko.com.tw
印 刷 所：晨捷印製股份有限公司
法律顧問：龍躍天律師・蕭雄淋律師・董安丹律師
初　　版：2005（民國94）年8月10日
初版2印：2008（民國97）年12月10日

ISBN：957-444-247-0　Printed in Taiwan
書號：A37147

國家圖書館出版品預行編目資料

莞爾的幸福地圖／饒雪漫著；Sarah繪．--初版．
-- 臺北市：九歌．〔民94〕
面；　公分．--（九歌少兒書房．
第37集；147）

ISBN 957-444-247-0（平裝）

859.6　　　　　　　　　　　　　　　　94012353

九歌少兒書房